わたし
二番目の
でいいから。
5
volume
five

プロローグ

大学二回生の四月。

「おい、桐島《きりしま》、なんとかしろ！」

ギャラリーからヤジが飛ぶ。

道の真ん中に机と椅子を置き、マージャンを打っている。車が通ることはない。行き止まりになった、私道でのことだ。

「俺たちはモテなければ金もないし、部屋にはエアコンも洗濯機もない。あるのは授業をサボって夜な夜な磨いたマージャンの腕だけだ。なのに、そのマージャンでまで負けてしまったら、スルメイカほどの価値もない！」

私道を挟んで、二つの建物がある。

一つは貧乏アパート『ヤマメ荘』、もう一つは普通のマンション『北白川《きたしらかわ》桜ハイツ』。

俺はヤマメ荘の代表として、隣室の福田《ふくだ》くんとともにマージャン勝負に参加していた。

相手は桜ハイツ代表の男ふたり。

伝統の京都東山《ひがしやま》頂上決戦だ。

どのくらいの伝統があり、どのあたりが頂上なのかは誰も知らない。

いずれにせよ、毎年四月におこなわれるこのマージャン対決で、負けたほうの建物の住人がこの私道の清掃を一年間することになっている。

「桐島《きりしま》、点棒がどんどん減っているぞ！」「負けたくない！」「なんとかしろ！」

ギャラリーからの応援に熱が入る。

俺は地味で異様に男子比率が高い大学に通っている。そしてそんな俺が住むヤマメ荘は同じ大学に通う学生が詰め込まれており、住人の男子比率は百パーセントに達していた。

一方、桜ハイツに住む学生たちは、ドラマや映画の舞台になりそうな、いい感じの大学に通っており、男女比率も健全で、見た目も麗《うるわ》しい。ついでに部屋にはエアコンもある。

つまりこのマージャン対決は、大学の代理戦争の様相を呈していた。

特に貧相な大学生活を送るヤマメ荘の住人たちは、華やかなキャンパスライフを送る桜ハイツの住人たちに一方的なライバル心を燃やしており、せめてマージャンの腕くらいは負けたくないのであった。しかし――。

「もうだいたい勝負決まってるけど、まだやる？」

対面に座る桜ハイツの男がいう。パーマをかけていてすごくオシャレだ。

俺は仲間の福田《ふくだ》くんをみる。福田《ふくだ》くんは、「最後までがんばろう」というように、にっこりと笑う。ふっくらとした人のよさそうな顔つき、天然パーマで、髪の曲がり具合だけなら相手の男たちに負けていない。

「やる。まだ勝ちの目は残っている」

俺は一発逆転に賭けて、あがる確率の低い、大きな役をつくろうと牌《はい》を引く。

負けパターンの典型みたいな打ち筋が情けない。

「あ、そうだ」

相手の男が自分たちの背後、桜ハイツ側の応援ギャラリーに向かっていう。

「これに勝ったら、飯一緒にいってよ」

彼の視線の先には、わかりやすく人目を惹《ひ》く、美人な女の子がいた。

宮前《みやまえ》しおり。

彼と同じく、桜ハイツの住人だ。

「桜ハイツのためにがんばってるわけだしさ」

「別にいいけど」

宮前《みやまえ》さんは自分の腕を抱えながら、さっぱりとした口調でいう。そのとき、ギャラリーのなかの女の子の誰かが宮前《みやまえ》さんに向かって声をあげた。

「だったら、ヤマメ荘が勝ったときはそっちの人たちともご飯いったげなよ。ご褒美《ほうび》ってことでさ」

そういわれ、宮前《みやまえ》さんは俺をみて目を細める。

その気持ちはわかる。なぜなら俺は高下駄《たかげた》を履いて、着流しを着ているからだ。これが普段着で、ヤマメ荘の住人はこんなやつらであふれている。

「まあ、いいよ……かなりギリギリだけど……」

宮前《みやまえ》さんはそっけなく承諾する。

あの宮前《みやまえ》さんとデート、というような盛り上がりをみせる桜ハイツギャラリー。

しかしそこに、「ちょっと待った！」とヤマメ荘の住人たちが異を唱えた。

「俺たちは女性と食事の席をともにしたことがほとんどない！　今、ほとんど、といったがそれも強がりで、家族を抜けばまったくない！」

「そうだ！　だから、いきなり宮前《みやまえ》さんはハードルが高すぎる！」

宮前《みやまえ》さんは洗練された女の子だ。髪をきれいに染めあげ、カラコンで瞳の色も変え、さらにはスタイルもいいとあって隙がない。

いろいろな男の人に車で送ってもらっているところもよくみかける。であれば、いい感じの男たちとの出会いを数多く経験しているであろうことは容易に想像でき、となると、ヤマメ荘の野暮な男たちが食事の席をともにしたところでその輝かしき男たちと比べられ失望されることは必定、というのが、ヤマメ荘の住人たちのろくでもない頭脳が導きだした結論だった。

「ワンチャンあると思わせてくれる女の子がいい！」

「俺たちにも希望を！　女子のいる大学生活を！」

「隙のありそうな女の子をよこせ！」

失礼極まりない住人たち。

宮前《みやまえ》さんはあきれながらいう。

「じゃあ誰ならいいわけ？」

その問いかけに、ヤマメ荘の無作法者たちは声をそろえていった。

「遠野《とおの》さんがいい！」

突然の指名に、桜ハイツのギャラリーのなかから、驚きの声があがる。

「わ、わ、わ、わ、私!?」

遠野《とおの》あきら。

体育会のバレー部で、かなり背の高い女の子。長い黒髪をポニーテールにして、パーカーを羽織り、いつも哲学の道沿いをランニングしている。そしてなによりもの特徴が――。

「し、しおりちゃん、ど、ど、ど、ど、どうしよ～！」

そういって大きな体を小さくして、宮前《みやまえ》さんの後ろに隠れようとする。当然、隠れられない。

「いいんじゃん」

宮前《みやまえ》さんはあっさりいう。

「ついでに、遠野《とおの》のそういうとこ直したら？」

「で、でも～」

遠野《とおの》さんは目をグルグルとさせている。中、高と女子校だったらしく、男子に耐性がないのだった。朝、アパートの前で鉢合わせになると、「お、おはようございます！」と投げ捨てるような挨拶をして、足早に去っていく。

「なるほど。男慣れしてない遠野《とおの》が相手なら、なにか起きるかも、って思ってるんだ」

宮前《みやまえ》さんが凍《い》てつくような視線をヤマメ荘の住人たちに送る。

「そんなに甘くないからね」

え、そうなんですか⁉　という顔をする純情なヤマメ荘の住人たち。

いずれにせよ、こうしてあれよあれよと、マージャン対決の副賞に遠野《とおの》さんと宮前《みやまえ》さん、ふたりと一緒にご飯にいく権利が付与された。

男女混合で食事をするなんて機会、俺たちの大学ではなかなかない。

「ということで桐島《きりしま》、福田《ふくだ》、必ず勝てよ。俺たちは遠野《とおの》さんが好きだ。しかも、宮前《みやまえ》さんともあわよくば、と思っている」

そんなことをいうギャラリーたち。

着流しを着た俺の肩に、大きな責任がのしかかる。

かなりの劣勢で、いや、ここからどうにもならんだろう、と思うものの、ここで負けたら目の前にぶらさがった青春を取り上げられたヤマメ荘の住人たちに逆恨みされることが目にみえているので、やるしかない。

俺は福田《ふくだ》くんとアイコンタクトで会話する。

二対二のマージャン対決では、ふたりのコンビネーションが大切だ。

しかし――。

『(福田《ふくだ》くん、君の頭脳なら、俺の欲しい牌《はい》がわかるだろう?)』

『(すごいね、桐島《きりしま》くん。僕たちが女の子と食事をするかもしれないんだよ?)』

『(發《ハツ》を待ってるんだ。持ってたら捨ててくれ)』

『(なに話したらいいかな? 線形代数学の話はやめたほうがいいよね?)』

『(福田《ふくだ》くん、發《ハツ》だ!)』

『(どんな店を選んだらいいとか全然わかんないよ〜、どうしよ〜)』

ダメだ、まったく勝てる気がしない。

一方、桜ハイツ代表のふたりは、男女混合の素晴らしきキャンパスライフで培《つちか》ったコミュニケーション能力をいかんなく発揮し、見事なコンビ打ちで、さらに俺たちの点棒をかっさらっていく。

完全に敗戦濃厚となり、後ろのギャラリーたちが怨嗟《えんさ》のうめき声をあげはじめる。

しかし、最後の最後、俺が親の順番のときだった。

配られた牌《はい》を開けたときである。

神様のイタズラか、運命の輪が回りだしたのか――。

最初から牌《はい》がそろっていた。

天和《テンホー》――役満《やくまん》である。実力も脈絡も関係ない、奇跡の一発逆転だった。

「やった、やったよ桐島《きりしま》くん！」

ふくよかな体を跳ねさせる福田《ふくだ》くん。

まあ、こういうこともたまにはいいだろう、と思う。同じ貧乏アパートに住む学友たちが喜ぶ顔もわるくない。彼らの歓声のなか、余韻に浸る。そのときだった。

「あんた、桐島司郎《きりしましろう》でしょ」

宮前《みやまえ》さんが声をかけてくる。

「マージャン最弱って噂《うわさ》だったけど」

「そうだ。打ち方を覚えて以来、勝った記憶がほとんどない」

「じゃあ、なんで今日は勝ったわけ？」

宮前《みやまえ》さんは、どこか見透かしたような目で俺をみながらいう。

「もしかして、遠野《とおの》のこと好き？」

そのとおりだ。

これまでのマージャンは全部わざと負けていて、遠野《とおの》さんと仲良くなるために今回、本気をだした。これをきっかけに遠野《とおの》さんと仲良くなって、道を挟んで別々の建物に住みながら、ロミオとジュリエットみたいに恋をする。

なんてことは全然ない。

第1話　遠野《とおの》と宮前《みやまえ》

春が過ぎ、初夏のきざしを感じはじめたある日の夕方のことだ。

自転車で川にいって、釣りをして帰ってきてみれば、アパートの前で大道寺《だいどうじ》さんが椅子に座って本を読んでいた。大道寺《だいどうじ》さんは、ヤマメ荘のヌシのような男の人だ。大学院生で、普段なにをやっているかはよくわからないが、本人いわく、宇宙の研究をしているという。

「鮎《あゆ》か。ちゃんと氷水で締めてきたか？」

「ちゃんと締めてきました」

「うん、味が全然ちがうからな。俺たちはそういう宇宙に生きている」

大道寺《だいどうじ》さんは道の上に三脚を置いて鉄板を差し、そこに炭と枯れた雑草を放り込み、慣れた手つきで火をおこす。

俺は氷水の入ったクーラーボックスのなかから鮎《あゆ》をとりだし、木の棒で串刺しにして、炭火で炙《あぶ》りはじめる。

そこに、寝ぐせがついたままの福田《ふくだ》くんがアパートからでてくる。

「相変わらずやってるね」

「金がないから釣るしかない」

「僕もいいかな」

「もちろん」

俺の実家はそこまで余裕がないわけではないが、かといって潤沢な仕送りをできるほど裕福でもない。そのため俺はひとり暮らしの生活費を節約する必要があったのだが、ヤマメ荘の住人たちはそのあたりの知恵に長《た》けていた。

一回生のころ、お腹《なか》を鳴らしていると、大道寺《だいどうじ》さんがおもむろに釣《つ》り竿《ざお》を差しだしてきた。

二回生になり、釣ることにも捌《さば》くことにも慣れ、こうやって自給自足のようなことをしているのだった。

「なかなかいい感じだな」

大道寺《だいどうじ》さんが鮎《あゆ》をじっくりみていう。

焦げ目がついて、良《い》い香りが道端に漂いはじめていた。

そのときだった。

向かいの桜ハイツ、四階の扉が開いて、女の子がひょこっと顔をだす。扉はいったん閉まるが、すぐに女の子がでてきて、非常階段を駆け下りて俺たちのところにやってくる。

「ご、ご相伴《しょうばん》にあずからせてもらってよろしいでしょうか！」

遠野《とおの》だった。

右手にお箸、左手にこんもりと白米の盛られたお碗《わん》、小わきにゆずポン酢を抱えている。

「好きなだけ食べていいよ」

俺は持っていた鮎《あゆ》の串を遠野《とおの》に渡す。

遠野《とおの》は炭火の前にしゃがみ込み、ポン酢をかけて白米とともに食べはじめる。俺がその様子をみていると、遠野《とおの》はマンガのように白米を盛った自分のお碗《わん》をみて、「バレー部の練習いっぱいしたので……」と恥ずかしそうに体を小さくした。そんな遠慮がちな態度ながらも、焼きあがっていく鮎《あゆ》をもりもりと食べつづける。

そのうちに宮前《みやまえ》が、車で送ってもらって、どこかから帰ってくる。俺は川で釣れる魚の種類には詳しくなったが、車種のことはわからない。でも、その車が絶妙に品があって、乗っている大学生らしき男子がとてもスマートであることはよくわかった。

宮前《みやまえ》はずいぶんモテるらしかった。

ここ二週間で、宮前《みやまえ》を桜ハイツの前まで送った『品のいい大学生』を六人は知っている。

「しおりちゃん、しおりちゃん」

遠野《とおの》が宮前《みやまえ》を手招きする。

「遠野《とおの》、あんた、また拾い食いしてんの？」

宮前《みやまえ》がそんなことをいう。

「まあ座りたまえ、俺たちは同じ宇宙に生きている」

大道寺《だいどうじ》さんが風雨にさらされた椅子を差しだす。しかし宮前《みやまえ》はなにもこたえず、そのまま桜

ハイツの自分の部屋に帰っていった。とみせかけて、切られた玉ねぎやニンジンなどの野菜を盛った皿を持って戻ってくる。

「遠野《とおの》を餌付けするなら、ちゃんと野菜も食べさせたら?」

といいながらも宮前《みやまえ》の持ってきた野菜の量は、俺たちの分もちゃんとある。押し入れで栽培したもやしと謎のキノコしか食べていない俺たちはビタミンと食物繊維を求めて群がった。

初夏の夕暮れ、ありふれた食事の風景だった。

最近、遠野《とおの》と宮前《みやまえ》、俺と福田《ふくだ》くん、そして大道寺《だいどうじ》さんの五人で集まることが多い。

きっかけは、あのマージャン対決だ。

遠野《とおの》と宮前《みやまえ》、ふたりと食事をする権利を手に入れたヤマメ荘の住人たちは、全員が参加したがり、しかし女子をエスコートできるような店もわからず、結局、鴨川《かもがわ》の河川敷《かせんじき》で桜ハイツの他の住人たちも含めみんな一緒に花見をしたのだった。

そこから約二カ月のあいだに少しずつ話すようになり、このようになっている。

「僕は楽しいよ」

福田《ふくだ》くんが空を見上げながらいう。

鮎《あゆ》と野菜を食べているうちにすっかり暗くなり、きれいな星空となっていた。

「大学生になって、友だちができて」

俺は目を閉じ、その少しこそばゆい言葉をきく。

「私もまあまあ好きかも」

宮前《みやまえ》が枝で炭をつつきながらいう。

「気楽だし」

そのときだった。

ぎゅううぅうぅうぅ、という、かわいらしい音が遠野《とおの》からした。

「いや、私じゃないです」

遠野《とおの》は顔を伏せ、片手をあげながらいう。遠野《とおの》は自分が『あきら』という少し男の子っぽい名前であること、背の高いこと、そして食いしん坊であることを隠そうとする傾向がある。

俺はクーラーボックスから残りの鮎《あゆ》をとりだし、串に刺していく。

「桐島《きりしま》さん、それ、後日の食料に冷凍しておくぶんじゃないんですか」

「かまわないさ。遠野《とおの》はまだお腹《なか》が減ってるんだろ」

追加の鮎《あゆ》が焼きあがると、遠野《とおの》は、「うう、すいません……」と、しょんぼりしながら食べはじめた。かじっているうちに、すぐに笑顔になる。

「遠野《とおの》、なにか困ってるんじゃないのか」

大道寺《だいどうじ》さんがいう。

「最近、やけに気にしてるじゃないか」

たしかにそのとおりだった。

遠野《とおの》は基本的にはランニングが大好きで、スポーティーな格好をしていて、そこまで女の子っぽさにこだわっている感じはない。しかし最近は、体を小さくしたり、こんもり盛った白米の碗《わん》を恥ずかしがったりする頻度が増えている。

「なにかあれば力になるが」

遠野《とおの》はもじもじとしていたが、「実は……」と、顔を真っ赤にしながら話しはじめた。

「男の人に、大事な気持ちを打ち明けなければいけないんです」

今度、遠野《とおの》も出場するバレーの全国大会があるらしい。大会なので、男子のチームも同じ日程で各地から集まってくるという。

「接点の少ない人なので、そこで伝えることができなければ、もうチャンスがないんです」

でも、と遠野《とおの》がしゅんとなる。

「私、やっぱり男の人とどう接していいかわからないですし、なんだか、すごく緊張しちゃいますし、当日もいえないんじゃないかって……でも、高校のころからずっと大切にしている気持ちなので……ここで必ず伝えたくて……」

「俺たちも一応、男の人ではあるが……」

大道寺《だいどうじ》さんはそういいながら、俺たちをみまわしていう。

「いずれにせよ、そういうことなら遠野《とおの》がちゃんと告白できるよう、俺たちも協力しよう。勇気がでないというのなら、大会の会場についていったっていい。遠野《とおの》あきらの応援だ。遠慮することはない。一緒に鮎《あゆ》を食べた仲間だ。俺たちは同じ鮎《あゆ》宇宙を生きている」

「鮎《あゆ》宇宙？」

宮前《みやまえ》が首をかしげつつ、そんなこんなでこの場にいる全員が、遠野《とおの》の告白の応援に会場までついていく流れになる。

「みんな、いいの？」

遠野《とおの》がきく。

「いいよ、そのくらい」

宮前《みやまえ》がいう。

「遠野《とおの》のこと、心配だし」

「僕も、遠野《とおの》さんさえよければ」

福田《ふくだ》くんはやさしく微笑《ほほえ》む。

「友だちのためになにかできるなら、僕は喜んでなんでもするよ」

とても福田《ふくだ》くんらしい言葉だった。

そして当然、俺もうなずいた。

俺はひとり京都の大学に進学し、家族も知り合いもおらず、ずっと孤独だった。それが今、こうして誰かと一緒にいることができる。それは大げさではなく、本当に、涙がでるほど嬉《うれ》しいことだった。だから明日のぶんの鮎《あゆ》をあげることも、バレーの大会についていくことも、全てが喜びだった。

それから少し黙った。

みながゆっくりと物思いにふけるような、そんな穏やかな静寂だった。

ぱちぱちと残り火が音を立てる。

吹き抜ける風のなかには、夏の匂いが混じりはじめていた。

「こんな夜はさぞかしいい音が響くだろう」

大道寺《だいどうじ》さんがいう。

俺はうなずいて、背負っていた胡弓《こきゅう》をかまえた。

胡弓《こきゅう》とは弓を使って弾《ひ》く弦楽器である。なにを隠そう、俺は着流しに高下駄《たかげた》を履き、胡弓《こきゅう》を奏《かな》でるという桐島《きりしま》京都スタイルを確立していた。

「それではお聴きください。桐島司郎《きりしましろう》が作、『東山《ひがしやま》三十六峰』！」

聴け、風よ、俺の魂の調べを。

月明かりに照らされた厳かな京都の山々に思いを馳《は》せながら、胡弓《こきゅう》の音色を夜空に響かせる。

うんうん、とうなずく大道寺《だいどうじ》さん。

残りの鮎《あゆ》をむしゃむしゃと食べつづける遠野《とおの》。

眠そうにあくびをする宮前《みやまえ》。

福田《ふくだ》くんは後片付けをはじめるのだった。

◇

週末、宮前《みやまえ》と一緒に電車に乗っていた。雨降りの午後だった。遠野《とおの》のバレー大会に向かっているのだ。福田《ふくだ》くんと大道寺《だいどうじ》さんはなぜか遠野《とおの》本人よりも緊張していて、始発で先に会場入りしていた。

「宮前《みやまえ》は遠野《とおの》とちがって男といても平気なんだな」

俺はとなりに座る宮前《みやまえ》をみながらいう。

「私はずっと共学だし」

宮前《みやまえ》は、遠野《とおの》と大学の入学式で出会い、友だちになったのだという。バレーばかりで講義がおろそかになっている遠野《とおの》にノートをみせてあげたり、男子に話しかけられてテンパったときに隠れるための背中を貸したりしているらしい。

「桐島《きりしま》こそ私とふたりきりでも緊張しないんだね」

宮前《みやまえ》がいう。

たしかに宮前《みやまえ》のような整った容姿の女の子と一緒にいれば、多くの男は緊張するだろう。

「もしかして、慣れてる？」

「どうだろうか」

「まあ、どっちでもいいけど」

細い髪ときれいなおでこ。宮前《みやまえ》は華やかだけれど、その横顔はどこか憂いを帯びていて、雨の日が似合うような美しさだった。

「しかし遠野《とおの》は大丈夫だろうか」

「私は心配してない」

本人前向きだし、元気なタイプだし、と宮前《みやまえ》はいう。

「それに、練習したんでしょ？」

「した」

大事な人に想《おも》いを伝える。そう決めた日以来、遠野《とおの》は苦手克服に、ヤマメ荘の男たちを相手に、コミュニケーションをとる練習をはじめた。

暗い一室で夜な夜なおこなわれるマージャン大会に見学にきたり、ご飯どきになると白米片手にあらわれては、会話をするのである。

困ったのはアパートの住人たちのほうだった。

女子高出身の無防備さか、遠野《とおの》は目のやり場に困る格好をしていることが多かった。

基本はショートパンツにTシャツだし、そのTシャツといえば体と胸の大きさが相まっていつもタイトになっているし、気温の高い日はタンクトップのときさえあった。

遠野《とおの》は食いしん坊が目立っているせいで見落とされがちだが、実は顔立ちのはっきりした美人だったりする。そんな女の子が露出の高い格好で男の巣窟《そうくつ》にひとり出入りするのだから、さあ大変といったところ。しかし、間違いが起きる可能性は万にひとつもなかった。

なぜなら、軟弱なヤマメ荘の住人程度、遠野《とおの》ひとりで制圧可能だからである。

俺の部屋で腕相撲大会になったことがあるのだが、遠野《とおの》は小枝を折るように男たちを打ち負かし、なんなく優勝した。

『ち、ちがうんです。これはき、気圧の影響です！　たまたまです！』

ワンパクな感じが恥ずかしくなったのか、遠野《とおの》は手で顔をおおって貝になってしまった。

フォローしようと大道寺《だいどうじ》さんが、『大丈夫だ、遠野《とおの》はかわいい！』と何度も連呼していると、

『あ、ありがとうございます！　でもお世辞は大丈夫です！』と照れた遠野《とおの》に両手で突き飛ばされ、畳ふたつほど後ろに転がったのち、壁に頭を打ちつけてアパート全体を揺らしていた。

そんな調子で効果があるのかわからない軟弱な男たちとのコミュニケーション練習をしつつ、当日をむかえたのだった。

朝、大きなスポーツバッグを担《かつ》いでマンションからでてくる遠野《とおの》に、俺は、緊張するのであれば目じゃなくて胸元をみながら話すといい、と声をかけた。遠野《とおの》はピースサインをして笑っていた。

「相手は高校のときに試合でみかけた全国区の男子バレーの選手とか？」

「だと思うよ。遠野《とおの》、インターハイでてるっていってたし」

宮前《みやまえ》がさらりという。

遠野《とおの》、思ったよりすごいやつだったんだな。

「それにしても桐島《きりしま》、やけに遠野《とおの》の世話やくね」

「俺だけではない。福田《ふくだ》くんも、大道寺《だいどうじ》さんも、その他諸々《たもろもろ》のやつらもだ」

おそらく遠野《とおの》には思わず応援したくなるような、なにかがあるのだと思う。

「それに、俺は遠野《とおの》だけでなく、誰かのためになにかしたいんだ」

「ふうん」

宮前《みやまえ》が俺をみる。

「どこまで本気かわからない」

「いや、わかるはずだ。誰もみてないところで酔いつぶれた男を介抱して部屋まで送ったり、マンションのゴミ置き場が散らかっているときに人知れず片付けている宮前《みやまえ》なら――」

話している途中で、宮前《みやまえ》が不機嫌そうに俺の足を踏みつける。

「そういうの、いわなくていいから」

そして踏みつけたあとで、俺の足元をみながらいう。

「なんで今日は下駄《げた》に着流しじゃないの?」

「遠野《とおの》にいわれたんだ。くるなら普通の格好できてくれって」

「けっこう簡単に折れるんだね」

「いや」

最初は、『これが俺のスタイルだ』と抵抗を試みたのだが、遠野《とおの》が両手をかかげ、こぶしをぐっと握って、クマが威嚇するようなポーズをとったのだ。遠野《とおの》はいざというときは腕力に訴える、少しおてんばな女の子でもあった。

「桐島《きりしま》、なんであんな格好するようになったの？　一回生のときはセンスに疑問符はつくけどぎりぎり普通の服着てたでしょ？」

「ぎりぎり……ていうか、宮前《みやまえ》も俺のことみてたんじゃないか」

「お向かいさんだし、いきなり着流しになったらびっくりするでしょ」

「なぜ俺が今のスタイルに落ち着いたか。それは話せば長くなる」

「だったらいいや。そこまで興味ないし」

「俺は高校までずっと東京の学校に通ってたんだ」

「え？　興味ないっていったんだけど？」

「流れ着いた京都の地でなにがあったのか……」

「語りだしちゃったよ」

「着流しを着て、胡弓《こきゅう》を弾《ひ》けるようになったその理由――」

「イヤホンどこにやったかな～」

「話は大学一回生、四月にさかのぼる――」

イヤホンをして音楽を再生し、寝たふりまでする宮前《みやまえ》に向かって、俺は語りはじめた。

◇

高校三年の四月から卒業するまでの一年間は、勉強の記憶しかない。深夜ラジオを聴きながら、参考書を読み、赤本を解きつづけた。勉強していれば、全てを忘れられた。

進路希望には東京の大学名を書き込み、周りのみんなにもそういっていた。

冬になったところで、ふと、親にもいわずに京都の大学の願書を取り寄せた。京都という場所に特にこだわりはなかった。俺を知るもののいない場所にいけるならどこでもよかった。ただ、京都にはたくさんの大学があるから、そのどこかにはいけるだろうと思ったのだ。

そして俺は京都の大学に合格し、高校の知り合いにはなにも告げず、京都でひとり暮らしをはじめた。

大学一回生の俺は灰色だった。

貧乏アパートの一室に引きこもり、ただ天井の染《し》みを眺め、毛筆に焼き印を押すバイトで稼いだ金をマージャンで溶かすだけの日々を送った。

マージャンで負けるとなんだかすっきりした。罰されているようで、それでいつか自分が許されるような気がしていた。

お金がないものだから、近所のスーパーで異常に安く売られている刺身こんにゃくを、味噌《みそ》もつけずに食べつづけた。押し入れのなかでもやしを栽培し、部屋のすみに生えてくる謎のキノコも食べた。

こういう閉じた生活のいいところは、俺が誰かを傷つけることがないということだった。このまま誰の迷惑になることもなく生きていこうと思った。

冬になるころには、身も心もやせ細っていた。目を閉じれば、高校三年生のときの記憶がよみがえってきた。勉強ばかりしていた。なにもみないように、きこえないようにしていた。けれど、たしかに後ろ指をさされながら、あれこれといわれていた。その声はしっかり耳に残っている。

俺を糾弾する彼らの声を、暗闇のなかでリフレインしつづけた。

お前が不幸にした。よく学校これるよね。あいつが転校すればよかったのに。

想像のなかの彼らはさらに、ああしろこうしろといってくる。ああすればよかった、こうすればよかったともいってくる。

俺は布団《ふとん》をかぶりながら、存在しない相手との問答をつづけた。

あのとき他になにができた。謝ってこい？　ブロックされているのに？　なるほど、たしかに本気で探せばみつけられるかもしれない。けれど今さら会ってどうする。向こうは俺に会いたくないという強烈な意思表示をして去っていったというのに。

お前は一生苦しめというなら、それもいいだろう。

俺をもっと罵れ、もっと糾弾しろ。

そんな無限のやりとりをくる日もくる日もつづけた。

俺にあるのは過去だけで、完全にひとりぼっちだった。それこそが俺の望んだことで、完璧に実現していた。しかし――。

ある日、木屋町《きやまち》の飲み屋街をひとりで歩いているときだった。夜の喧騒《けんそう》、楽しそうな人々を横目でみながら、恐ろしいほどの孤独に襲われた。

これからも、こうやって温かいものを遠目にみながら、自分は暗闇で生きていくのだろうか。

思い出にとらわれ、すがりながら生きていくのだろうか。

恐《こわ》かった。

しかし、どうしても自分に、誰かと関わる資格があるとも思えない。

孤独を恐れ、人と関わることも恐れ、まったく身動きのとれない自分がいることに気づいた。

どうしていいかわからず、途方にくれた。

俺に必要なのは自分自身と世の中の関わりかたと、自分自身と他者との関わりかただった。

なにをどうすればいいのか、誰か教えてくれ。

けれどその誰かは俺のとなりにはいなかった。むしろ俺のとなりには誰もいなかった。

俺は大学の図書館から大量の本を借りてきて読みふけった。

哲学、宗教、文学、それらのなかに、今後、俺がどうしていくべきかのヒントを探そうとしたのだ。けれど、なにもみつけられなかった。

もうダメだと思った。

俺は俺自身によって徹底的に破壊され、もうなにも残っていなかった。

エアコンのないアパートの一室で、俺はすり鉢状にうずたかく積み上げられた本の山に囲まれながら、朽ちていこうとしていた。

傲慢な知識の螺旋《らせん》のなかで、それは俺にとてもよく似合う最期《さいご》のような気もした。

「もっと光を……」

それでも希望を求め、しかしみつけられず、全身から力が抜け、もうこのままミイラになるしかないと思った。

そのとき、建て付けのわるい扉のすき間から、数枚の紙が差し込まれた。

大学の講義の内容が書かれたルーズリーフである。

隣室の福田《ふくだ》くんだ。

福田《ふくだ》くんはなぜか俺のことを心配して、頼んでもいないのに、いつもこうやってノートを渡してくる。おかげで講義をサボりまくっていても、俺が単位を落とすことはなかった。

「どうして……」

俺は扉の前まで這《は》っていく。

「どうして、俺なんかにやさしくするんだ……」

返答はない。もう、いってしまったのかもしれない。がっくりと、うなだれる。

しかし、そのときだった。

「そんなの決まってるじゃないか」

扉ごしに福田《ふくだ》くんがいった。

「友だちだからだよ」

福田《ふくだ》くんは、ただアパートの部屋がとなりで、同じ講義に何度かでただけの俺のことを友と呼んでくれるのだった。そして、そんなろくでもない友を心配して、こうしてノートまで運んでくれる。

普通、ひとりでいじけているやつに手を差し伸べたりしない。そんなやつほっといて、自分を磨いたり、楽しいところにいったほうが絶対、豊かになる。

くじけている人間を損得なしで、お人好《ひとよ》しにも励まそうとするやつなんて、ヒューマンドラマの名わき役くらいしか存在しない。そう、思っていた。でも、現実にそういうことをする人がいることを、福田《ふくだ》くんが教えてくれた。

俺は立ちあがり、ずっと閉じていた扉を開いてみれば、光がさした。

「福田《ふくだ》くん、俺は君にずっとお礼をいっていなかったな」

「気にしなくていいよ。僕が勝手にやってることだから」

福田《ふくだ》くんは人懐《ひとなつ》っこい笑みを浮かべていう。

「それに、桐島《きりしま》くんは少し自罰的すぎるように思う」

「福田《ふくだ》くんは、こんな俺を許してくれるというのか」

「桐島《きりしま》くんが過去になにがあったかは知らない。でも、僕は桐島《きりしま》くんを許せるよ」

福田《ふくだ》くんのやさしさに泣いた。

そして気づいた。

俺は孤独になりたかったわけでも、自分を罰したかったわけでもない。

多分、ずっとこうして、ただ泣きたかったんだ。

俺はひとしきり泣いたあと、今までのお礼に買い置きしていた羊羹《ようかん》を福田《ふくだ》くんに渡した。福《ふく》田《だ》くんも同じ貧乏アパートの住人なので、甘味の差し入れを大層喜んでくれた。

福田《ふくだ》くんが隣室に戻ったあと、俺は福田《ふくだ》くんが羊羹《ようかん》を喜んでくれたとき、自分にも嬉《うれ》しいという感情が湧いていたことに気づいた。

そしてそのとき、俺にひとつの天啓が舞い降りた。

うずたかく積まれた本のなかから、一冊の本をとりだす。

ドイツの哲学者にして心理学者、エーリッヒ・フロムの著書。

『愛するということ』

エーリッヒはこの著書のなかで、愛することの本質は『与えること』と語っている。そして愛するということは生まれつき備わっているというよりも、技術として体得すべきものとしてとらえており、つまり、愛するための日々の鍛錬を要求していた。

俺はここに新しい桐島司郎《きりしましろう》の在り方をみいだした。俺はいつも与えられる側だった。これからは、与えるものになろう。そう、思った。

福田《ふくだ》くんはまちがいなく与える人だった。俺にやさしさを、救いをくれた。彼は俺だけでなく、押し入れで栽培した豆苗《とうみょう》をアパートのみんなに分け与えている。彼のようになるべきだ。

それから俺は本当の意味で『愛することのできる人』になるため、与える人になろうと訓練をはじめた。それが俺の世界との関わりかただった。

釣《つ》り竿《ざお》を買ってきて、魚を釣り、怪しいキノコばかり食べている住人たちに料理を振る舞った。

お礼に高下駄《たかげた》を渡された。

いや、高下駄《たかげた》はちがうだろうと思って数週間、玄関に放置していたが、いろいろな事情があったため、履いた。みんな喜んだ。

あるとき、大道寺《だいどうじ》さんにアパートの廊下で呼びとめられた。当時、大道寺《だいどうじ》さんは着流しを着ていた。

「桐島《きりしま》、俺はそろそろこの着流しを脱ぎたいと思っている」

「脱げばいいんじゃないでしょうか」

「しかしこれはヤマメ荘に代々伝わる着流しなのだ。誰かに受け継がないかぎり、脱ぐことを許されていない」

大道寺《だいどうじ》さんには社会人になった恋人がいて、その恋人に、一緒に歩くのが恥ずかしいからいい加減脱いでちょうだい、といわれたらしい。

困っている人がいたら、ほうってはおけない。

「わかりました。俺が着ましょう」

それから大道寺《だいどうじ》さんから胡弓《こきゅう》の手ほどきを受けた。和装で胡弓《こきゅう》が弾《ひ》ければなんかかっこいいだろう、というのが理由だった。ちなみに大道寺《だいどうじ》さんの一番の得物は馬頭琴《ばとうきん》である。

こうして俺は高下駄《たかげた》を履き、着流しを着て、胡弓《こきゅう》を背負う男になった。

俺は愛を知り、与える男になろうと思ったのだ。

そして出会った人をことごとく幸せにするために動くという誓いを立てた。エーリッヒ・フロムに倣《なら》い、与える人になる。それが今の俺の行動原理だ。

そして俺はもう孤独ではない。

遠野《とおの》が、宮前《みやまえ》が、福田《ふくだ》くんが、大道寺《だいどうじ》さんがいる。

南に病気の子供がいればいって看病してやり、西につかれた母がいれば稲を背負ってやるように、遠野《とおの》が好きな人に告白できなくて困っているのであれば、一緒に会場までついていってやり、手助けをする。

そういうものに、私はなりたい。

◇

体育館、ボールが床を打つ音が響く。

遠野《とおの》のスパイクだった。

「なんか、すごいな」

大道寺《だいどうじ》さんがいって、俺たちはうなずく。

応援席から横並びになってコートを眺めていた。

遠野《とおの》はみていて気持ちいいくらい高く跳び、鋭い眼光でボールをとらえ、チームメートとハイタッチして喜びをあらわにする。

清々《すがすが》しい表情で、汗に濡《ぬ》れた髪も爽やかだ。

「遠野《とおの》さんって、ユニフォームになると人格変わる？」

福田《ふくだ》くんがコートをみながらいう。

「どちらかというと」

宮前《みやまえ》がこたえる。

「女の子の集団のなかにいると強気になるって感じかな。いつもどおりの自分でいられるんだろうね」

試合は元気いっぱいブンブン丸の遠野《とおの》の活躍によって、彼女のチームが快勝した。

声をかけようと、応援席から降りていくと、ちょうど通路からでてきた女子バレー軍団と鉢合わせになった。

遠野《とおの》が俺たちをみつけて、集団から抜けだしてくる。

「しおりちゃん、しおりちゃん！」

「ちょっと遠野《とおの》、汗、汗」

抱きつこうとする遠野《とおの》、逃げる宮前《みやまえ》。

「あ、福田《ふくだ》さんだ」

遠野《とおの》は俺たちをみつけると、チームメートに紹介をはじめた。部のなかではムードメーカーかつキャプテンシーのある立場にいるようだった。

俺たちのことを普段から会話のなかで話しているらしく、遠野《とおの》が順に福田《ふくだ》くんと大道寺《だいどうじ》さんを紹介すると、バレー部員たちは、「ホントに天然パーマだ〜、かわいい〜」「おぉ〜、この人が宇宙の！」とリアクションをした。

「そしてこっちが桐島《きりしま》さん」

遠野《とおの》がいうと、バレー部員たちが、「着流し！」「釣り人！」「胡弓《こきゅう》！」「え？　でも、なんで今日は普通の格好してるの!?」と声をあげた。

女子の集団はかしましい。

「桐島《きりしま》さん、大人気ですね！」

遠野《とおの》が肩を組んでくる。汗のぺったりとした感触が服ごしに伝わってくる。

「おい遠野《とおの》」

「勝利の汗です」

額の汗をぐいぐいと俺の頭になすりつけてくる。

「ていうか桐島《きりしま》さん、なんで着流しじゃないんですか？」

「え、遠野《とおの》がそれをきくのか？」

「あれがないと特徴なさすぎですよ」

「着てくるなといったのは誰だったか」

「もっと自分のアイデンティティを大切にしてください」

「クマのポーズでおどされたんだけどな」

「さては女子がいっぱいいるからって色気づきましたね。も～」

遠野《とおの》がばし～ん、と俺の肩を叩《たた》く。

一発が重い。

それにしても遠野《とおの》、女バレのみんなに囲まれてるとホントにキャラ変わるな。

「遠野《とおの》さん、その勢いでいけばいいんじゃないかな」

福田《ふくだ》くんがいう。

告白のことをいっているのだ。遠野《とおの》は試合のあとに、気持ちを伝えるといっていた。

そして福田《ふくだ》くんのいうとおり、今の遠野《とおの》はとても自然で、敬語こそ抜けてないものの、俺たちに対しても、いつもみたいに遠慮しすぎることもない。

女バレの仲間に囲まれながらこのテンションでいってみてはどうか、と俺も提案する。

「集団があれだったら、私だけついていってあげようか？」

宮前《みやまえ》もいう。

つまるところ、海水に浸《つ》かると元気になる海の魚みたいなもので、遠野《とおの》に女子高のころを連想させるような環境にしてやればいいのだ。しかし――。

「ん～」

遠野《とおの》は目を細めて難しい顔をする。

「やっぱりこういうのはひとりで、勇気をだしてするものだと思います」

遠野《とおの》は誠実な女の子だった。

「でも、ギリギリまでついてきてください」

ということになった。

男子の会場は同じ敷地内《しきちない》にある別の体育館で、そこの入り口まで遠野《とおの》を見送った。遠野《とおの》は直前まで俺や福田《ふくだ》くんに向かって、「おつかれさまです！」といって練習していた。第一声はそれでいくつもりなのだろう。

遠野《とおの》が体育館に入っていこうとする。

「がんばって」「大丈夫だよ」「遠野《とおの》宇宙は今までにない広がりだ」

みながその背中に声をかける。

遠野《とおの》が振り返ってこちらをみるものだから、俺も少し考えてからいった。

「相手に自分の気持ちを伝えるってのはとても尊いことだよ。特に、それが素敵な感情である場合は」

遠野《とおの》は深くうなずくと、扉のなかへと消えていった。

霧雨《きりさめ》のなか、俺たちはなんともなしに立ち尽くした。

「遠野《とおの》、彼氏ができたら桐島《きりしま》とは全然、遊ばなくなったりしてね」

宮前《みやまえ》が意味ありげな視線を送ってくる。

「いいの？」

「別にかまわないさ」

俺はいう。

「みんなが幸せになってくれたら、それでいいんだ」

それが桐島《きりしま》エーリッヒという男なのだ。

◇

帰りの電車では福田《ふくだ》くんが大人気だった。

女バレ軍団と一緒になったのだが、福田《ふくだ》くんの天然パーマが彼女たちのなにかを刺激したらしく、「かわい～」ともみくちゃにされていた。

「桐島《きりしま》くん、助けて！」

「福田《ふくだ》くん、世間ではそれを幸せというんだよ」

彼は遠野《とおの》と同じパターンで、中、高とほとんど男子だけの高校に通っていたというから、こういう経験も必要だろう。

俺は女子の集団の無限のパワーから逃げるべく、宮前《みやまえ》と一緒に、同じ車両のなかでも少し離れた席に座った。

「宮前《みやまえ》、孤独癖でもあるのか？　俺がいうのもなんだが……」

「下駄《げた》履く人と同じにしないでくれる⁉」

他人と会話するのは苦手ではないという。でも――。

「あの子たち、あけすけなんだもん！」

宮前《みやまえ》は頬を赤くする。

いろいろと質問攻めにあったらしい。そんなにきれいだったら彼氏がいるんじゃないかときかれ、いないというと、親しい人はいる？　ときかれ、いろいろとアプローチされているとこたえると、その人たちとはどこまでいったかという話になり――。

ひとり暮らしならなんでもできるよね、と、ちょっと踏み込んだガールズトークになったところで逃げだしてきたらしかった。

「……男慣れしているふうにみえてたけど、宮前《みやまえ》ってピュアなんだな」

「桐島《きりしま》、しゃべらなくていいから」

目をグルグルさせたままの宮前《みやまえ》、もみくちゃにされる福田《ふくだ》くん、女バレ軍団のなかではしゃぐ遠野《とおの》、たまたま乗り合わせた少年に宇宙について講義をする大道寺《だいどうじ》さん。

恵《めぐ》まれた人間関係だと思う。

「じゃあ俺は研究室に顔だすから」

途中の駅で、そういって大道寺《だいどうじ》さんが列車から降りていく。

「私もこのあと約束あるから」

また次の駅で、宮前《みやまえ》が降りる。彼女は相変わらず多くの男の誘いを受けてはでかけている。

彼氏をつくった様子はない。いろいろな人と、ただご飯を食べたり、デートをしたりしているようだ。俺はそんな彼女の背中をなにもいわず見送った。

福田《ふくだ》くんはまだ女バレ軍団に囲まれている。彼は、身なりはこぎれいだし、誠実さが表情ににじみでているし、将来性もある賢い男だからさもありなん、という感じだ。

俺は黒子《くろこ》でよいので、特になにもすることはない。だから胡弓《こきゅう》の新曲を作曲しようと五線譜の書かれたノートをとりだしたそのときだった。

「ど〜ん！」

遠野《とおの》が勢いよく俺にぶつかりながらとなりに座ってきた。肋骨《ろっこつ》が折れたかと思った。

「ずいぶん機嫌がいいな」

「なにせ全部うまくいきましたから！」

ジャージ姿の遠野《とおの》、にっこにこである。

「そういえば私のバレーしてるとこ、どうでした？」

「とてもカッコよかった」

「カッコよくありませんでした⁉」

「話きいてる？」

「なんだか、はしゃぎつかれて眠くなってきました」

「自由すぎる……」

遠野《とおの》が目を閉じ、寝息をたてはじめる。

試合のあとでつかれもあるだろうからと、そのまま、そっとしておいた。

しばらくしたところで、遠野《とおの》が俺の肩にもたれかかってくる。

福田《ふくだ》くんはまだ女子たちとの会話に手いっぱいの様子だ。

電車はそのまま進んでいく。

いまだ乗りなれない、京都の電車。ずいぶん遠くにきたものだ。

新しい場所で、新しい人たちと関係を築く、新しい桐島司郎《きりしましろう》。

これでいい。これが正解なのだ。そんなことを自分にいいきかせているうちに――。

「遠野《とおの》、降りるよ～」

女バレ軍団のひとりがやってくる。みんなで今から試合の祝勝会をするらしい。

「はっ！」

遠野《とおの》が目を開けて体を起こす。

「すいません、ホントに寝てしまいました！」

遠野《とおの》は照れたように笑う。

「桐島《きりしま》さん、今日はありがとうございました！　これからもよろしくです！」

遠野《とおの》はぺこっと頭を下げると、部の仲間たちと一緒に列車を降りていった。

女バレ軍団から解放された福田《ふくだ》くんが俺のとなりにやってくる。

「すごい人気だったな」

「天然パーマがこんなに威力を発揮するとはね」

「いつもより巻いているからだろう」

「湿度が高いから」

福田《ふくだ》くんとふたりきりになると、格別落ち着いた空気になった。彼の人徳のなせるわざだ。

「それにしても遠野《とおの》さん、いつもにまして元気だったね」

「うまくいったからな」

そこで福田《ふくだ》くんが「ふふふ」と苦笑する。

「全部、僕たちの勘ちがいだったんだね」

「あれは遠野《とおの》もわるい。大切な人に想《おも》いを伝えるといわれたら、誰だってそう解釈する」

遠野《とおの》のあれは、結局、告白でもなんでもなかった。

同じ会場でバレーの国際大会もおこなわれていたのだ。

遠野《とおの》は俺たちに見送られ、体育館に入った。そして、しばらくするとガッツポーズをしながらでてきた。誇らしげにみせてくるジャージの背中には、マジックでサインが書かれていた。

イタリアの有名な男子バレー選手のサインだった。

オリンピックのメダリストでもあり、遠野《とおの》は高校生のころから彼の映像を研究して、同じように鋭いスパイクを打とうと練習していたらしい。

そして大会のために来日していると知り、絶対にサインが欲しかったのだという。

「男子に話しかける練習よりも、イタリア語を練習したほうがよかったんじゃないかな」

「身振り手振りだけでサインをもらってくるんだから、いかにも遠野《とおの》らしいよ」

なんとも脱力する話だった。

俺たちは今日一日のつかれもあって、なんとなく黙って、車窓の風景をただ眺める。

やさしい雨に包まれた古い街並み。

「なにはともあれ」

俺は窓の外、傘をさして通りを歩く人をみながらいう。

「よかったじゃないか。全部勘ちがいで」

「え？」

「好きなんだろ」

俺がいうと、福田《ふくだ》くんは照れたように頭をかいた。

「まったく、桐島《きりしま》くんにはかなわないな」

そして、少しはにかみながらいう。

「うん。僕は遠野《とおの》さんのことが好きだ」

第2話　せからしか

京都の大学生活では自転車があるととても便利だ。

通りが碁盤の目になっているから迷いにくいし、渋滞もなんのその、特に大学が駅から少し離れているときは自転車のほうがいい。でなければ、電車とバスを併用することになる。なにより自転車は安い。

俺や福田《ふくだ》くんは自転車で川の上流へいって釣りをして食料を調達している。大道寺《だいどうじ》さんは大学のキャンパス内を歌いながら自転車で移動するし、遠野《とおの》なんて、一回生のときに京都をとびだして琵琶湖《びわこ》一周まで達成したそうだ。琵琶湖《びわこ》を背景に爽やかな笑顔でピースしている写真をみせられた。汗に濡《ぬ》れた髪が似合う女の子だった。

宮前《みやまえ》に自転車のイメージはない。

いつも誰かに車で送られているし、外見がとても都会的な印象で、庶民派という空気をまとっていないからだ。端的にいうと、クールだった。

しかしそんな宮前《みやまえ》がどうやら自転車を買ったようだ。

ある日の、早朝のことだ。

起き抜けに窓を開け、桜ハイツとヤマメ荘のあいだの私道をみれば、ピカピカの自転車の横に宮前《みやまえ》が立っていた。不思議だったのは、宮前《みやまえ》がまったく自転車に乗ろうとしないことだ。ハンドルを持ったまま横に立ち、難しい顔をしている。

どうやら、乗るのが恐《こわ》いらしい。しばらくすると、あきらめたように自転車を置き場に戻して、桜ハイツのなかに戻っていった。

手伝うつもりはなかった。練習しているところを誰にもみられたくないから、早朝に乗ろうとしていることは明らかだった。

でも毎朝、同じようなことがつづき、さすがにみかねて、のこのことでていった。

「手伝おうか」

「おせっかい」

宮前《みやまえ》はそっけなくいう。

「桐島《きりしま》にだけは助けられたくなかった」

俺は後ろの荷台を手で持って、宮前《みやまえ》に自転車に乗るよう促す。宮前《みやまえ》はおそるおそるサドルに座ると、ゆっくりとこぎだした。

「宮前《みやまえ》って俺にだけちょっと冷たいよな」

「だって、なんか、うさんくさいんだもん」

「手、はなしていい？」

「絶対、ダメ！」

ぐらぐらと左右にゆれながら自転車が進んでいく。

「宮前《みやまえ》なら助けてくれる人いっぱいいるだろ」

俺は宮前《みやまえ》をよく送り迎えしている『感じのいい大学生』たちを連想する。

「あの人たちが私に期待することって、一緒に夜景をみにいったりとか、おしゃれな店にいったりとか、そういうことだから」

なんとなくわかる。

大学生になって容姿にこだわらず恋愛をする人が増えた印象だが、宮前《みやまえ》のルックスはそんな傾向を無視するくらいに華やかだった。

きれいに染められた髪とカラコンで変わった瞳の色、白い肌もあいまって本当に外国人みたいなのだ。しかも性格がどことなくさばさばしているから、媚《こ》びたところがなく、思わず追いかけたくなるのだろう。

遠野《とおの》からきいた話だと、学部の飲み会などでは、男たちはみな宮前《みやまえ》のとなりに座りたがるらしい。おそらく、宮前《みやまえ》のとなりに座れなかったとしても、大きな声で自慢話をして、なんとか宮前《みやまえ》にアピールしようとしたりするのだろう。

宮前《みやまえ》は恋愛の対象になるか、もしくはヤマメ荘の住人たちがそうしたように、あまりに洗練されているがゆえに、勝手に男たちが逃げだしてしまうタイプの女の子だった。

「桐島《きりしま》はよくわからない」

宮前《みやまえ》はいう。

「なんで私にやさしくするの？　私のこと、好きって感じじゃないけど」

「俺は誰に対してもやさしくあろうと思っている」

「やっぱ……うさんくさい」

宮前《みやまえ》は俺のやさしさに裏表を感じているみたいだった。

「大事なこといつも隠してる感じがするし」

「俺はなにも隠してなんかいない」

「特に最近はよく感じる。道路で魚焼くことが増えたけど、なんか、たくらんでる気がする」

鋭い。

俺は釣った魚をアパートの前でよく焼いている。最近はその回数が増えた。それもこれも福《ふく》田《だ》くんが遠野《とおの》と話す機会をつくるためだ。焼き魚の匂いを使えば、百発百中で、遠野《とおの》が白米のお碗《わん》を片手にあらわれる。

表向きは釣った魚をみんなに振る舞いたいといっているが、宮前《みやまえ》のいうとおり、隠しごとをしているといえばそうだし、うさんくさいといわれたらそのとおりだった。

「桐島《きりしま》、遠野《とおの》を魚で釣っておびきだしてない？」

「どうだろうな」

「もしかして、遠野《とおの》のこと好き？」

宮前《みやまえ》は前を向いているからその表情はうかがいしれない。

けれど口調に冗談めかした感じはなく、真面目にこたえなければいけないような雰囲気だった。とはいえ福田《ふくだ》くんのためにも、本当のことをペラペラしゃべるわけにもいかない。

だから――。

ごまかすために、自転車をゆらす。

「やめて～！　やめて～！」

金切り声をあげる宮前《みやまえ》。なんだ、けっこうかわいいところあるじゃないか。

動揺するところをみたくて、俺はさらにいっぱい自転車をゆらした。

「も～！　桐島《きりしま》なんか大キライ！」

なんていいつつも、こうやって毎朝練習して、宮前《みやまえ》も自転車に乗れるようになるのだと思った。そしたら五人でどこにでかけようか、なんて考えたりする。

それはきっと、楽しいにちがいない。

しかし――。

自転車を後ろから支えながら、くるくるとアパートの道の前をまわっているときだった。

桜ハイツのほうから女子の声がきこえた。

「宮前《みやまえ》さん、また男たぶらかしてるよ」

「よくやるよね」

宮前《みやまえ》と同じ大学の人たちだろう。

建物に目をやったときには、もう誰の姿もみえなかった。

宮前《みやまえ》はなにもいわずに自転車を降りていた。

日が昇りはじめたばかりの早朝の風景、少し肌寒い空気。

静かにたたずむ宮前《みやまえ》の姿は、どこか現実感がなかった。彼女がなにを考えていたかはわからない。おそろしいほど冷たい表情とは裏腹に、長いまつ毛が、朝露に濡《ぬ》れたように美しく輝いていた。

その日から、宮前《みやまえ》は俺たちに関わるのをやめた。

そこで初めて、俺は宮前《みやまえ》のことを全然知らないことに気づいた。

◇

夕暮れどき、アパートの前で福田《ふくだ》くん、大道寺《だいどうじ》さんと一緒に炭火をおこしていた。

今日の魚は三日前に釣って、ずっと泥抜きをしていたナマズだった。大道寺《だいどうじ》さんがきれいに捌《さば》いて、福田《ふくだ》くんが砂糖とみりんとしょう油でかば焼きのタレをつくる。

「調子はどうだい福田《ふくだ》くん」

俺がきくと、福田《ふくだ》くんは照れたようにうつむきながらいう。

「ずいぶん仲良くなったよ。来週、遠野《とおの》さんのバレー部の友だちと、僕の大学の友だちと、みんなで食事にいくことになった」

「大学の交流会といったところか。いいことだな」

俺、誘われてないけど。

それはいいとして。

「行きか帰りか、もし遠野《とおの》と電車に乗る機会があれば、一両目に乗るといい」

「どうして？」

「遠野《とおの》は電車が好きだ」

お父さんが鉄道員らしい。小さいころからよく電車に乗っていたという。

「特に一両目、運転席をのぞき込みながら、その電車の正面の景色をみるのが好きだといっていた。まっすぐ延びる線路をぐんぐん進んでいくのが気持ちいいらしい。一両目に乗ってやれば、おそらく喜ぶことだろう」

「わかった、電車に乗るときはそうするよ。ありがとう」

俺は日々、福田《ふくだ》くんの恋のアシストに取り組んでいる。

特に重視したのは単純接触効果だ。人はよく目にするもの、耳にするものに好感を抱きやすい。だから福田《ふくだ》くんと遠野《とおの》が接する機会を増やそうとしている。

「洗濯作戦はうまくいってる？」

「うん。桐島《きりしま》くんのいうとおりだったよ。遠野《とおの》さんとよく会う。でも週に何度も会って、不自然じゃないかな？」

「そんなことはない。なぜなら俺たちは洗濯機を持ってない」

焼き魚で釣りだす他に接触する機会として目をつけたのがコインランドリーだ。遠野《とおの》は毎日、ユニフォームやジャージを洗濯している。そして次の練習まで干している時間がないから、コインランドリーの乾燥機を利用しているのだ。

俺は自分の洗濯ものも福田《ふくだ》くんに渡していた。これにより、福田《ふくだ》くんがコインランドリーにいく回数が増える。大道寺《だいどうじ》さんはなにかと察しがいいので、俺たちの様子をみて、『そういう宇宙か』と、自分の洗濯ものを福田《ふくだ》くんに渡すようになった。

「乾燥機がまわっているあいだはふたりきりなんだ」

福田《ふくだ》くんは照れながらいう。

「夜、まわる洗濯機をみながらふたりで不器用にしゃべる時間が僕は好きだ」

それをきいて、大道寺《だいどうじ》さんが、「コインランドリーでは魔法がかかる」という。

「あそこには独特の空気がある。俺も学部生のころ、いつもイヤホンをして洗濯ものができあがるのを待っている女の子がいて、なぜだか特別にみえた」

「その人とはどうなったんですか？」俺はきく。

「今の恋人だ」

しかし、と大道寺《だいどうじ》さんはいう。

「声もかけず、コインランドリーの女の子として思い出の一ページにするのもありだったかもしれん。同じ空間をともにしながら、交わらない。いかにも人の営みという感じがする」

「詩人ですね」

なんていっているうちに、鉄串に刺して炙《あぶ》っていたかば焼きがいい香りを漂わせはじめる。

ほどなくして、白米を持った遠野《とおの》が小走りにやってきた。

「すごい！　ウナギですか！」

「ナマズだ」

俺はよく焼けたものを白米の上に置いてやる。遠野《とおの》はぱくっとかじりつく。

「ウナギです」

そういって、食べながら幸せそうな顔をする遠野《とおの》。

「そういえば宮前《みやまえ》さんは？」

福田《ふくだ》くんがきく。

「最近あまりこっちにこないけど」

「忙しい、っていってました。レポートとか、課題とか」

「遠野《とおの》さんは大丈夫なの？　同じ学部で、同じ授業をとってるって話だったけど」

「ウナギが美味《おい》しいですねえ」

福田《ふくだ》くんと遠野《とおの》が会話をはじめたので、俺は少し離れて、胡弓《こきゅう》の演奏をはじめる。さしずめ、ふたりの雰囲気を盛りあげるための森の音楽隊だ。

楽しそうな顔の福田《ふくだ》くんと遠野《とおの》をみて、俺は嬉《うれ》しい。

同時に、宮前《みやまえ》のことが気になった。

『宮前《みやまえ》さん、また男をたぶらかしてるよ』

あの心ない言葉を投げられて以来、宮前《みやまえ》は俺たちと関わらなくなった。

俺は遠野《とおの》のことも、福田《ふくだ》くんのことも、大道寺《だいどうじ》さんのこともそれなりに知っている。でも、宮前《みやまえ》の個人的なことは全然知らない。

相手のことを知ることと、相手にやさしくするのは別の話だ。向こうが話したくないのなら、無理にきく必要はないし、去りたいのなら追う必要もない。

それでも、たとえおせっかいであったとしても、俺は宮前《みやまえ》がなにか問題を抱えているのなら、解決したいと思っていた。

朝日を背に、ひどく冷たい表情をしていた宮前《みやまえ》。

俺は京都にきて、新しい桐島《きりしま》になって、いろいろなことが大丈夫になった。

でも——。

普段クールな女の子が寂しそうにしているのをみると、なぜだか、息ができなくなるほど胸が痛くなるのだ。

◇

夜、布団《ふとん》からでて、アパートの前にでる。宮前《みやまえ》がひとり自転車に乗る練習をしている気がしたのだ。しかし誰もいなくて、虫が鳴いているだけだった。

俺は眠れる気がしなくて、哲学の道を歩いてみる。

風が木々をゆらし、夏の香りを運んでくる。

哲学者、西田幾多郎《にしだきたろう》はこの道を歩いてなにやら立派な考えごとをしていたそうだが、俺の考えがまとまることはなかった。

そして現代人らしく、コンビニに向かい、出会った。

「また立ち読みですか」

「そういう遠野《とおの》はまたプロテインか」

遠野《とおの》は夜に軽くジョギングしたあと、コンビニにプロテインバーを買いにくる習性があるようで、何度か、こうして出会っている。明日、福田《ふくだ》くんに知らせよう。

「しかし、あまり遅い時間にであるくのは感心しないな。治安がいいとはいえ、道は暗い」

「だったら桐島《きりしま》さんが送ってくださいよ」

そういうので、一緒にコンビニをでた。

ふたりで、夜道を歩く。遠野《とおの》は相変わらずタンクトップにショートパンツという格好をしていた。目のやり場に困って、遠野《とおの》をみるときは顔だけをみるようにする。

口元に、さっきのかば焼きのタレがついていた。

「タレついてるぞ」

俺は持っていたティッシュで拭いてやろうとして、直前でやめて、そのティッシュを遠野《とおの》に渡して自分で拭くよう促す。遠野《とおの》の口元を拭く役は、福田《ふくだ》くんがやるべきなのだ。

そして俺は、さっきナマズを食べていたとき、遠野《とおの》が話していたことを思いだす。

「宮前《みやまえ》がレポート忙しいとか、嘘《うそ》だろ」

「どうでしょう～」

遠野《とおの》は嘘《うそ》がつけないので、すぐに目が泳ぎだす。

「さては俺にはなにも話すな、と口止めされているな」

「ん～～～」

俺は宮前《みやまえ》の抱える問題について知りたくて、遠野《とおの》にいくつか質問する。

「宮前《みやまえ》は、遠野《とおの》の他に友だちはいるのか？」

「遠野《とおの》は宮前《みやまえ》とどうやって仲良くなった？」

「宮前《みやまえ》はなんでたくさんの男と遊んでるんだ？」

「どうして宮前《みやまえ》は急に自転車に乗りだした？」

遠野《とおの》は口を固く結んだままだった。

黙ったまま、静かな夜を歩く。遠野《とおの》の持ったコンビニの袋がゆれる。

しばらくして、遠野《とおの》が遠慮がちに語りだした。

「しおりちゃんは私のためにいろいろやってくれます。レポートを手伝ってくれたり、講義のノートをみせてくれたり」

遠野《とおの》がヤマメ荘にやってくるとき、宮前《みやまえ》がついてくることが多い。それは男子とうまくしゃべれない遠野《とおの》を少しでもサポートしようという意図があるらしかった。

俺はなんとなく、しっかりした宮前《みやまえ》に遠野《とおの》が懐《なつ》いていると思っていた。

しかし——。

「しおりちゃんは私のために気を使いすぎです。もっと気楽にしてくれてもいいのに……」

遠野《とおの》は天真爛漫《てんしんらんまん》だけど、鈍感なわけじゃない。

もうひとつだけヒントをくれた。俺が全然知らない、宮前《みやまえ》のこと。

「みんな、しおりちゃんがきれいに髪を染めていると思ってますが、それはまちがいです。あれは全部、地毛です」

「え？」

「カラコンも入れてないんです」

それが本当だとすると、宮前《みやまえ》の完成された外見は生来のものということになる。

「外国人の血が混じってるのか？」

「家族も親戚もみんな日本人っていってました。でも、しおりちゃんの出身地は教会がたくさんある地方なので、ご先祖様のどこかに宣教にきた外国人がいたのかも、と、私は勝手に推測しています」

遠野《とおの》は、それ以上語ろうとはしなかった。

互いのアパートとマンションの前まできたところで、「おやすみ」といって別れる。

「あの、私がなにか話したっていわないでくださいね。特に、出身のところは……私はすごくかわいいと思うんですけど……」

「かわいい？」

「それでは！」

そういって、逃げるようにエントランスに入っていった。

遠野《とおの》が少しだけ話をしてくれたのは、彼女も宮前《みやまえ》の状況をよくしたいと思っているからだ。

ヒントはふたつだけだった。でもそれで十分だった。

明日にでも、どこかで宮前《みやまえ》をつかまえて話をしようと思いながら、ヤマメ荘に入っていこうとしたそのときだった。

どこかで、金属の塊が倒れるような音がした。

音のしたほうへいってみれば、桜ハイツの裏で、宮前《みやまえ》が自転車と一緒にこけていた。

宮前《みやまえ》は地面に手をついたまま、気まずそうに目をそらす。

近づいてみれば、自転車が宮前《みやまえ》にのってしまって、くるぶしのあたりから血がでていた。

俺は自転車をどけながらいう。

「明日から、俺と一緒に練習しよう」

宮前《みやまえ》はこたえない。

彼女は小さいころから完成された外見で、いつでも惚《ほ》れられるか、距離を置かれるかの対象で、女子からはやっかみもあったのだろう。

そのため、人とつながる関係のひとつがぽっかりと認識から抜け落ちてしまったのだ。

それで、他人に甘えることができない。

宮前《みやまえ》は、特に男子との関係においては、恋愛感情でしかつながれないと思っているのだ。

だから、いう。

「宮前《みやまえ》、もっと俺を頼ってくれ」

俺を信じてくれ。だって、もう——。

「友だちじゃないか」

◇

後ろから自転車の荷台を支える。宮前《みやまえ》がペダルをこぐ。

早朝、いつかの日と同じく、アパートの前の路《みち》をくるくるとまわっていた。

あれから数日間、毎朝、自転車に乗る練習をしている。

俺たちはあまりしゃべらなかった。やりとりがあったのは宮前《みやまえ》が怪我《けが》した夜、俺が大道寺《だいどうじ》さんの部屋から救急箱を借りてきたときで、しかも、「葉っぱで手当てされると思った」「俺たちをなんだと思ってるんだ……」くらいのものだった。

しかしこの朝、宮前《みやまえ》は少し饒舌《じょうぜつ》だった。

「私がわるいんだ」

自転車をこぎながら、俺に背を向けたまま語りだす。

「寂しがり屋だから」

おばあちゃんに育てられたらしい。そのおばあちゃんは和菓子店をしていて、小さいころから宮前《みやまえ》はいつもひとりだったという。

それで、誰かといたかった。けれど彼女の周りにいたのは、彼女のことを好きな男の子たちばかりだった。

中学のときにはすでに今の、自分に好意を持つ男子たちと遊び、女子にやっかまれるというスタイルが確立してしまっていた。

宮前《みやまえ》は、人が人とつながる強い動機は、恋愛感情しかないと認識してしまった。だから寂しさを埋めるために、自分は恋愛感情を持っていなくても、一緒にいてくれる相手とデートを繰り返した。それ以外に人とつながる方法がわからなかったから。はたからみれば男をあさっているようにみえるため、女子からはどんどん嫌われていく。

大学生になっても、それは変わらなかった。

「一回生の秋ぐらいまでは、写真のサークルに所属してたんだ」

「うまくいかなかったんだな」

いわゆるサークルクラッシャーのような動きになってしまったらしい。話しかけてくれるのもカメラのことを教えてくれるのも宮前《みやまえ》に恋心を抱く男たちで、部長に至っては、宮前《みやまえ》にアプローチするために、そのとき付き合っていた彼女と別れてしまったという。でも、宮前《みやまえ》はいろいろ世話を焼いてくれるお礼にデートくらいはしても、付き合うまでの気持ちはない。

そんな感じで、宮前《みやまえ》のために恋人と別れた男が学部も含めると何人もいて、そうなると女子たちからすれば天敵となる。

孤立して、宮前《みやまえ》が頼れるのはまたしても自分に恋心を抱く男たちだけになる。そしてまたお返しにデートをするという悪循環から、逃れられない。でも――。

「遠野《とおの》が助けてくれた」

あるとき、ノートをみせてほしい、と遠野《とおの》が声をかけてきたという。そこからふたりの交流がはじまった。

「たしかに遠野《とおの》は男に耐性ないし、勉強から逃げようとするクセがあるから、私が助けてるようにみえると思う」

でも実際のところは、孤独な宮前《みやまえ》をみて、そういうことを知らない顔で、遠野《とおの》が手を差し伸べてきたというのが真実だった。

これは人からきいた話だけど、と宮前《みやまえ》はいう。

「大学で私の悪口をいってる子をみつけては、クマのポーズで威嚇してまわってたらしい」

「遠野《とおの》は腕力に頼るクセをなおしたほうがいいな」

そしてふたりは仲良くなり、俺たちヤマメ荘の住人と交流するようになった。

宮前《みやまえ》はそれをきっかけに、恋心を持って近づいてくる男たちで寂しさを埋めるのをやめ、今までの自分を変えようと決意した。

「それで、自転車に乗ろうと思ったんだな」

うん、と宮前《みやまえ》はいう。

「五人で、自転車に乗って遊びにいきたかったから……」

昇る太陽の光が、宮前《みやまえ》の髪を山吹色に輝かせる。

宮前《みやまえ》しおりはかすむことのない金色の女の子だ。

そう、思った。

「宮前《みやまえ》、俺は友だちだから、宮前《みやまえ》のためになにかしたいと思っている。見返りなんて求めない。俺がなにかしたからといって、代わりにデートしなきゃと思う必要なんてない。遠野《とおの》だって同じだ。レポートを手伝わなくたって、講義のノートを貸さなくたって、あいつはそばにいる。だから寂しい思いをする必要なんてないし、いくらでも甘えてくれていい」

でも——。

「これはどうなんだ？」

「え？」

「宮前《みやまえ》、もう、自転車ひとりで乗れるだろ」

俺たちは一週間近く毎朝、練習している。そして宮前《みやまえ》は、少なくとも三日前からはひとりで乗れるくらいにうまくなっていた。本人が気づいていないはずがない。実際、昨日の朝、俺がアパートからでる直前、多少ぐらぐらしていたが、ひとりで自転車に乗ってこいでいたのだ。

でも、俺がでていくと自転車から降りて、『まだ乗れない』と、そしらぬ顔でいったのだ。

「なんで乗れないふりしてるんだ？」

俺がいうと、宮前《みやまえ》はこっちを向いて、きっ、と俺をにらみつける。そして——。

「せ、せ、せ、せ」

顔を真っ赤にしながらいった。

「せからしか～～～～～～～!!」

せからしか？


「もうよか！　後ろ支えんでもよか！」

よか？

とりあえず、俺は自転車の荷台をつかんでいた手をはなす。

宮前《みやまえ》はもう乗れるようになっているので、こけることはない。そのままプイと前を向いて自転車は進んでいく。

「桐島《きりしま》はうちの繊細な気持ちを全然わかっとらんばい！」

そういって自転車をこぎ、ちりんちりんと鳴らしながら敷地《しきち》の外にこぎだしていった。

どうやら宮前《みやまえ》の出身は九州らしい。遠野《とおの》が、私はかわいいと思うけど本人気にしてる、といっていたのはこの方言のことだろう。

方言がでるほど怒らしてしまったのか、と俺は少し反省する。

しかし宮前《みやまえ》はちゃんと戻ってきた。

その日の夕方のことだ。

いつものごとく俺と福田《ふくだ》くんと大道寺《だいどうじ》さん、遠野《とおの》で魚を焼く会を催していたところ、宮前《みやまえ》がきこきこと自転車をこぎながら俺たちの前までやってきた。

そして少し照れながら、標準語でいった。

「自転車乗れるようになったからさ……みんなで遊びにいこうよ……」

いつもどこか距離のあった女の子。

俺たちはずっと、宮前《みやまえ》のこの言葉を待っていたのだ。

「ああ」

俺はうなずく。

「うん、みんなでいこう！」

福田《ふくだ》くんがにっこり笑う。

「よ～し、楽しいことするぞ～！」

遠野《とおの》が夜空に向かって箸を突きあげる。

「ユニバース！」

大道寺《だいどうじ》さんが吠《ほ》える。

こうして俺たち五人の大学生活が、映画のフィルムのようにまわりだす。

◇

心を通じ合わせた俺たちは最高だった。

五人そろって自転車でお出かけする。

川の上流にいって、五人でならんで釣り竿《ざお》を構え、いっせいに釣《つ》り糸を投げる。

「せ～～～～のっ！」

そしたらもう、俺たちは止まらない。

頭のなかにアップテンポのロックミュージックが流れだす。

遠野《とおの》が、水中にいる魚がみえているのに釣れないと嘆きながらお腹《なか》を鳴らし、宮前《みやまえ》が釣れたと得意満面で竿《さお》を引いたら長靴で、とにかく俺たちは笑う、笑う。

廃虚に肝試しにいって叫びまわり、アパートに戻ったはいいけどなんだか恐《こわ》くて、俺と福田《ふくだ》くんは大道寺《だいどうじ》さんの部屋で一緒に寝る。次の日、話をきいてみれば、遠野《とおの》も宮前《みやまえ》の部屋にいって、宮前《みやまえ》にくっついて寝て、トイレにまでついてきてもらったらしく、その話をきいて俺たちが笑って遠野《とおの》がすねる。

　俺たちの大学生活は加速していく。

　三十三間堂《さんじゆうさんげんどう》で千手観音《せんじゆかんのん》をみて、奈良にいって大仏をみて、拉麺小路《らーめんこうじ》でラーメンを食べまくって、豚まんだって食べる。

　蹴上《けあげ》インクラインの廃線路では電車好きの遠野《とおの》のテンションが最高潮に達する。

「でででっで〜♪　でででっで〜♪　でででん、で〜で〜でん、で〜♪」

　笑顔でベン・E・キングのスタンド・バイ・ミーのイントロを歌いながら、ずっと廃線路の上を歩きつづける。

　そして俺たちは大学生だからお酒だって飲む。普段は飲まない。お金がないから。

　けれどその日は宮前《みやまえ》が大量のお酒を持ってきた。

「友だちがくれた」

　しれっとそんなことをいってたが、宮前《みやまえ》にはまだ俺たち以外に友だちはいないし、なにより目の前にならべられたお酒が全部、九州の地酒だった。実家から送られてきたとかそんなところだろう。そしてまだ、九州出身を公言したくないらしい。

　いずれにせよ、飲めればよしとばかりに俺たちはヤマメ荘の屋上で星空をみながら酒盛りをはじめた。ちょうど屋上でイワナの干物をつくっていたので、それをつまみにする。

開始早々、福田《ふくだ》くんが焼酎をぺろっと舐《な》めただけでダウン。

「この夏は……海にいこう、僕たちは釣り人で……海でヒラメを……」

そんなことをいいながら寝てしまう。

大道寺《だいどうじ》さんはコップ二、三杯飲んだところで、馬頭琴《ばとうきん》をやたらめったら弾《ひ》きだし、言葉が通じなくなった。

遠野《とおの》は幼児化した。

「しおりちゃ〜ん、頭なでて〜」

「よしよし」

「でへへ」

「はい、じゃあお部屋に戻っておねんねしましょうねー」

宮前《みやまえ》は遠野《とおの》を桜ハイツの部屋に運んでいった。

お酒を飲んでへにゃへにゃになる女の子をみて、記憶の奥底がうずいた。

宮前《みやまえ》が戻ってくるまでのあいだに、俺も福田《ふくだ》くんと大道寺《だいどうじ》さんをそれぞれの部屋に運んだ。

それから、ふたりで飲みなおす。

宮前《みやまえ》は顔色ひとつ変えなかった。焼酎、日本酒と、俺の三倍くらいのペースで飲み、それでも涼しい顔をしている。

「桐島《きりしま》、こっちも美味《おい》しいよ」

「けっこう強いな。もっと飲みやすいのないか？」

「これとか水みたいに飲みやすいよ」

「そっちがいいな」

「飲みやすいだけでアルコール度数めちゃくちゃ高いけど」

「え……俺、今いっきに飲んじゃったよ……」

宮前《みやまえ》につられて俺もそれなりに飲んでしまい、頭がどんどん痛くなってくる。

「俺も、そろそろ……」

「友だちとお酒飲むのってこんなに楽しいんだね。私、知らなかった。こんな時間がずっとつづくといいな」

「よし、もう一杯くれ」

どんとこい。

俺は宮前《みやまえ》にお酌されるがままに飲みつづけた。

そして気づいたときには——。

宮前《みやまえ》と同じ布団《ふとん》に入っていた。

◇

大学生になっても俺は酒に弱いままだった。

「ごめん！　ちょっと飲ませすぎた！　桐島《きりしま》、お願いだから死なないで〜！」

朦朧《もうろう》とする意識のなか、宮前《みやまえ》が俺を引きずりながら運んでくれたことは覚えている。

気づいたときには朝だった。

寝ている感触からしてベッドの上だろう。枕からいい香りがするから、おそらく宮前《みやまえ》の部屋といったところか。ヤマメ荘は畳に煎餅布団《せんべいぶとん》で、そもそもベッドがない。

なぜ俺が目を開けてそれらを確認できないかというと、宮前《みやまえ》がさっきから俺が寝ていると思って話しかけているからだ。

「桐島《きりしま》、ありがとね」

声の位置から、宮前《みやまえ》がベッドわきから俺の顔をのぞき込んでいることがわかる。

「私、ずっと寂しかったんだ」

頭に、宮前《みやまえ》の指の感触。

髪をさわり、かきわけ、顔、肩、と俺の輪郭をなぞるように動いていく。

「ねえ桐島《きりしま》、知ってる？　うち、あんたのこと好きになってしまいそうよ」

そこで宮前《みやまえ》があわただしい口調になる。

「友だちとしてって意味よ⁉　勘ちがいするでなか！　桐島《きりしま》はすぐ調子のるばい！」

ひとりで忙しいやつだな。

「ねえ、桐島《きりしま》寝とる？」

「…………」

「ホントに寝とる？　起きとるんやなかね？」

「…………」

「よし、こりゃ寝とるばい」

すぐそばに、人がきた気配。

宮前《みやまえ》がベッドにのぼってきたのだ。横になって、俺と向かいあっているようだ。そして——。

「これは友だちとしてのサービスばい。他の誰にもしたことなかよ。ありがたく思うばい」

思い切り抱きついてくる。

宮前《みやまえ》の体の感触が着流しごしに伝わってくる。

「友だちばい、うちら、友だちばい」

宮前《みやまえ》は俺に強く抱きついたり、弱く抱きついたりする。最初は楽しんでいる感じだった。俺の体をさわり、腕を枕にしたりして、猫のようにじゃれて遊んでいた。でもそのうちに——。

「桐島《きりしま》、うち、ちょっと変ばい。気持ちが止まらんばい」

俺の胸に顔を押しつけてくる。熱い吐息があたる。抱きしめる腕に力が入り、足で俺の太ももを挟み込んでくる。

「もっと一緒にいたか。でも、お願いせんでもいてくれるんよね？　友だちやもんね？　ありがとね、いつもとなりにいてくれるんよね？　うちには桐島《きりしま》しかおらんからね、うちは桐島《きりしま》がいてくれたらそれでよか、桐島《きりしま》、桐島《きりしま》――」

宮前《みやまえ》の吐息がどんどん湿りはじめる。

自分の言葉によって感情がエスカレートしているように感じる。彼女の体がどんどん熱くなっていく。

「桐島《きりしま》、桐島《きりしま》っ――」

体をこわばらせて、二、三度、大きく体を震わせる。

荒い息づかい。

余韻のなか、宮前《みやまえ》は脱力しながらいう。

「友だちって、すごかね……」

宮前《みやまえ》の吐息が、俺の口元にあたる。

さすがにそろそろまずい気がしてきて、今まさに目がさめたようなフリをして起きようかと思った瞬間、宮前《みやまえ》が体を離す。

「いかんいかん、なんか、頭が熱っぽくなってしまったばい」

気配が遠ざかる。どうやらベッドからおりたようだ。

「うちは友だちが欲しいんばい。こんなことで関係こじれたら大変ばい」

だって、と宮前《みやまえ》はつづける。

「桐島《きりしま》、ちゃんと彼女おるもんね」

第3話　十年後の約束

夜、大道寺《だいどうじ》さんの部屋でマージャンを打っていた。遠野《とおの》がルールを覚えたから自分も打つといいだしたのだ。

俺、福田《ふくだ》くん、大道寺《だいどうじ》さん、遠野《とおの》の四人で卓を囲んでいる。

畳の上にこたつ机を置き、座布団《ざぶとん》を敷いて座っていた。

初心者の遠野《とおの》は牌《はい》をさわっているだけで楽しいらしく、ちまちまときれいにならべてはにっこり笑っている。遠野《とおの》は小さな幸せをみつけられる女の子だった。

それはさておき——。

「しおりちゃん」

遠野《とおの》が牌《はい》から顔をあげ、宮前《みやまえ》をみながらいう。

「なんか、桐島《きりしま》さんに近くない？」

宮前《みやまえ》は俺のとなりで見学しているのだが、体育座りをしながら体を傾けて、ほぼくっついているといっていい格好になっていた。

「え？　こんなもんだよ」

宮前《みやまえ》は、なんで距離の近さをいわれるのか本当にわからない、という顔でいう。

「だって私、桐島《きりしま》と友だちだし」

遠野《とおの》は目線を上にやって少し考えてから、「たしかに」と納得する。

女子基準で距離感判定したろ。

「ねえ桐島《きりしま》、その白い牌《はい》を集めてるの？」

宮前《みやまえ》がさらにくっついてくる。シャワーを浴びてきたようで、少し濡《ぬ》れた髪からいい香りがする。ダボッとしたジャージのズボンにTシャツという格好で、イケてる女子の修学旅行の夜って感じだ。

大道寺《だいどうじ》さんがそんな宮前《みやまえ》をまじまじとみながらいう。

「俺も宮前《みやまえ》とは友だちだと信じているが」

「桐島《きりしま》、思ったより肩幅あるね？」

「その距離感で接してもらったことはない」

「着流し脱いで普通の服着れば？　絶対そっちのほうがかっこいいよ」

「この扱いの差は一体……」

「桐島《きりしま》やせた？　ちゃんと食べてる？　ご飯おごるよ？」

宮前《みやまえ》、絶対、彼氏ができたら人の目を気にせずいちゃいちゃするタイプだ。展覧会にいって展示物をみずにずっと後ろから彼氏に抱きついている女の子。

そんなことを思ったが、それはどうやら俺の勘ちがいだったようだ。

「なんてね。冗談冗談、桐島《きりしま》をからかっただけ」

宮前《みやまえ》はそういって、ぱっと体を離す。

「友だちだもん。ジャマになるようなことしないよ。週末も彼女とデートなんでしょ？」

「まあな」

「でもホントに桐島《きりしま》って彼女いたんだ。嘘《うそ》ついて見栄《みえ》っ張《ぱ》りだな〜、って思ってた」

「おい」

「橘《たちばな》みゆきちゃんだっけ？」

「僕は会ったことがあるよ」

福田《ふくだ》くんがいう。

「小柄な女の子だった。とてもしっかりしている」

「でも高校生なんでしょ？　なんか、桐島《きりしま》がだまして付き合ってる気がする」

「さっきまでとなりにいた俺を全面肯定してくれる女友だちはどこに消えた？」

それからも宮前《みやまえ》がいろいろと質問してくるものだから、俺はこたえた。

みゆきちゃんが同級生の妹であること。京都の全寮制の高校に進学していて、偶然、再会したこと。そして、付き合うことになったこと。

「顔はきれい？」

「まあ」

「うわ、のろけた……」

宮前《みやまえ》とそんな話をしながら、マージャンを打ちつづける。そのときだ。

気づけば、いつの間にか遠野《とおの》が険しい顔になっていた。

「遠野《とおの》、どうした？」

「…………桐島《きりしま》さんはひどい人です」

俺をにらみつけながらいう。

「こんな仕打ち、あんまりです」

あまりの剣幕に、俺は戸惑って福田《ふくだ》くんと大道寺《だいどうじ》さんの顔をみる。しかし、ふたりともなんのことかわからないとばかりに、と首を横にふる。

「わかりませんか？」

いわれて、俺は考える。しかし、なにも思い当たるところがない。

「すまない……でも、俺がなにかしたなら謝るよ」

「……桐島《きりしま》さん、鈍感すぎです！　ひどいです！」

遠野《とおの》は涙目になっていう。

「これです！　これですよ！」

遠野《とおの》が指し示したのは——。

自分の手元の点棒だった。マージャン開始直後はたくさんあった点棒が、今やみるも無残に数本しかなくなっている。あと少しで破産だ。

「初心者相手にやりすぎです！　福田《ふくだ》さんも！　大道寺《だいどうじ》さんも！」

ルールを覚えたばかりの遠野《とおの》は弱かった。さらには、自分がかわいいと思う絵柄の牌《はい》ばかりを集めようとするものだから、それでみるみるうちに点棒を減らしていった。最下位にはヤマメ荘流の罰ゲームが待っている。

「とはいえ手加減するわけにも」

「勝負の世界だしね」

「サイコロの目に嘘《うそ》はつけねえよ」

俺たちはマージャンを打っていると、天才勝負師の気分になってしまう。くされ大学生としてゆずれない一線、すまない遠野《とおの》、情けをかけたいが――。

「そうですか、わかりました」

遠野《とおの》がおもむろに立ちあがる。

そして両手をふりあげ、こぶしをぐっと握った。

威嚇するクマのポーズ。

俺たちは自分の点棒をつかむと、そっと遠野《とおの》にさしだした。

結局、俺が最下位となり罰ゲームとしてみんなの分のジュースを買いにいくことになった。

財布を袖に入れ、下駄《げた》を履いて外にでる。降ってはいないが、どことなく雨の香りがした。

湿度があるようで、生け垣の葉の一枚から雫《しずく》が落ちる。

下駄《げた》の音が夜道に響く。

さっきまでの楽しい空間が嘘《うそ》のように、静かで暗かった。ひとりでいると、どうしても気持ちが落ち込んでしまう。アパートの一室に引きこもっていたあのときに、精神が引き戻されてしまいそうになるのだ。

早く、あのあたたかいところに戻らなければ。

まちがいなく今、大道寺《だいどうじ》さんの部屋に集まっている彼らは、俺のよりどころだった。

自動販売機の前で、財布をとりだす。

しかし、体が動かなくなった。言葉が浮かんできてしまったのだ。

こんなに楽しくていいのか。その資格はあるのか。許されると思っているのか。

これは俺の言葉だ。そしてこの言葉に対する俺の返答も自動で湧いてくる。

孤独ぶって嘆いていても仕方がない。それこそ過去に酔ってるだけだ。

それに対しての反論もすぐに湧く。反省もなく今を楽しみたいだけじゃないのか。そしてまた、それに対する反論が湧く。暗い顔をしていれば反省しているといえるのか。

大学一回生のとき、すり鉢状に積み上げられた本の中心で、ずっと煮詰まりながらつづけていた問答。そのときの思考がまた繰り返される。

そして思考というのはすればするほど、ネガティブなほうへいく。

俺はもう、一歩も動けなくなっていた。体温が下がっていくのがわかる。もうどこにもいけない。このまま消えてしまうべきだ。そう思った、そのときだった。

「桐島《きりしま》〜」

宮前《みやまえ》がよそいきのクールな顔ではなく、人懐《ひとなつ》っこい笑顔でこっちに歩いてくる。

「宮前《みやまえ》……」

「なにしてるの？　ボケッとして」

「雨降りそうだったから、傘持ってきた。それにしても、センスないね」

宮前《みやまえ》が持っているのは、俺が普段使っている朱の番傘だった。紺の着流しにあいそうなのがこれしかなかったのだ。

「てか、いつまで自販機の前に立ってるの。あ、もしかして桐島《きりしま》、ジュース買うお金ない？いいよいいよ、私がだしたげる」

「いや、大丈夫だって。そもそも俺の罰ゲームだし」

「遠慮しないでよ。私も桐島《きりしま》のためになにかしたいし」

「俺のためを思うならなおさらださないほうがいいだろ」

宮前《みやまえ》の俺に対するお金のだしかたは、どことなく、不運な美女がダメ男にお金を貢《みつ》ぐ構図を連想させる。

「じゃあ、私が持ってあげる」

手で持つと冷たいから、と宮前《みやまえ》はお腹《なか》のところのTシャツの裾をあげて、そこを袋みたいにする。俺は自動販売機で買った缶を次々にそこに入れていった。

Tシャツの裾をまくっているものだから、白いお腹《なか》と小さなへそがみえた。宮前《みやまえ》は俺の視線に気づくと、すぐに顔を真っ赤にして怒る。

「み、みちゃダメ！　その、え、えっちなのは禁止！」

そんなやりとりをしながら、アパートに向かって歩きだす。

俺のなかにさっきの心細い気持ちはもうどこにもなかった。

誰かと一緒にいるとはこういうことなのだ。

大学一回生のときに孤独のなかでした問答の答えはまだでない。しかし、唯一たしかなことは、今、俺の周りにいる人たちにできる限りのことをしたい、それだけだった。

「私も恋人つくろうと思うんだ」

歩きながら、宮前《みやまえ》がなんともなしにいう。

「恋人いる人みてると、なんかうらやましくてさ。好きな人と気持ちが通じてるのって素敵じゃない？」

「俺もそう思う」

宮前《みやまえ》は、これまで自分に向けられた好意に誠実に向き合ってこなかったことを反省しているらしく、今後はしっかり受け止めていくつもりだという。

「ねえ桐島《きりしま》」

「なに？」

「私に恋人ができても友だちでいてくれるよね？」

「もちろん」

恋に前向きになることはいいことだ。しかし宮前《みやまえ》はクールな外見に反してポンコツなところがあるから、変な男につかまらないか少し心配でもある。

「そういえば遠野《とおの》は恋愛とかしないのか？」

「あまりきいたことないね。でも興味はあるんじゃないかな。さっきも桐島《きりしま》がジュース買いにでたあと、桐島《きりしま》さんの恋人に会ってみたい、大道寺《だいどうじ》さんの恋人とも会ってみたい、って畳の上を転がってたよ」

「それ、ただのミーハー精神だろ」

特にみゆきちゃんについては、福田《ふくだ》くんは会ったことがあるのに自分は会ったことがないのが悔しかったらしく、畳を叩《たた》いてだだをこねていたという。

俺はそこで少し考えていう。

「まあ、デートに遠野《とおの》を連れていってもいいかもな」

「せっかくのデートなのに、ふたりきりにならなくていいの？」

「みゆきちゃんも遠野《とおの》に会いたがってたし」

「たしかに私が彼女だったら、彼氏の女友だちがどんな人か気になるかも」

「だろ」

でも、と宮前《みやまえ》はいう。

「デートってなると、お金かかるよね」

「そりゃな」

「大丈夫？　いくらか渡そうか？　私もそんなに裕福じゃないけど、バイトのシフト増やして、いろいろなこと我慢すれば桐島《きりしま》に少しは渡せるよ？」

「宮前《みやまえ》……」

絶対変な男に引っかかるなよ！

◇

週末は晴天だった。

俺はちゃんとした服を着て、福田《ふくだ》くんと茶房にきていた。茶房といっても格式ばった日本家屋ではなく、店内は和風ながらも、どちらかというとおしゃれなカフェといった感じだ。歴史あるお茶屋さんが運営しているらしく、伝統に弱い俺と福田《ふくだ》くんはだされたお茶に口をつけては、やっぱ京都のお茶はちがうね、と味もわからずいっていた。

「お待たせしました。身支度に時間がかかってしまいまして」

しばらくしたところで、遠野《とおの》がやってくる。

ちゃんとした私服の遠野《とおの》は、いつもと印象がちがっていた。シックなトップスにワイドなパンツ、髪もおろしてゆるく巻き、耳にはピアスもしている。スポーティーな女の子という感じはなく、完全にきれいな大学生のお姉さんだった。

「気合入ってるな～」

「だって、桐島《きりしま》さんの恋人に会うんですよ？　友だちの恋人と遊ぶとか、最高にテンションのあがるイベントですよ！」

遠野《とおの》はちゃんと化粧もしている。こうしてみれば、遠野《とおの》の目は切れ長で、背も高くて、まちがいなく美人だった。凛《りん》として、人目を惹《ひ》く。しかし中身は遠野《とおの》だった。

「なに食べましょうかね～」

るんるんでお品書きを眺める遠野《とおの》。

そのうちに、みゆきちゃんもやってくる。

「はじめまして、橘《たちばな》みゆきです」

「小柄でかわいい～～～!!」

遠野《とおの》が声をあげる。遠野《とおの》からすれば女の子はみんな小柄だが、本人が気にしているのでもちろんいわない。遠野《とおの》の身長も、宮前《みやまえ》の方言も、なにも気にしなくていいくらい素敵な個性なの

に、と思う。

「みゆきちゃん、短い髪が爽やかですね！　服もすごくおしゃれです！」

「古着です。あまりお金がないので……」

「高校生って感じがいいですね〜」

遠野《とおの》がはしゃぎながらみゆきちゃんをとなりに座らせる。みゆきちゃんは福田《ふくだ》くんに頭をさげてから席に座る。

「お久しぶりです、福田《ふくだ》さん」

「去年のオープンキャンパス以来だね」

「桐島《きりしま》さんが普通の服を着ているのは福田《ふくだ》さんのおかげですか？」

「ヤマメ荘に住む院生の人の服をかりたんだ」

大道寺《だいどうじ》さんは社会人の彼女に厳しく服装を指導されている。俺は今日のお出かけにあたり、福田《ふくだ》くんに着流しをとがめられ、大道寺《だいどうじ》さんに服を借りにいったのだった。

「ささ、みゆきちゃん、お品書きだよ」

「茶房だけあってお茶の種類が多いですね……遠野《とおの》さんはなににするんですか？」

「せっかくなのでパフェを食べようかと！」

「ここは待ち合わせにするだけじゃなかったのか？」

「じゃあ、私も遠野《とおの》さんと一緒になにか頼んじゃおうかな」

「この店、SNSで映《ば》えるって有名らしいよ～」

「俺は常日頃から、撮ることを重視するあまり、本質を見失う現代社会に警鐘を――」

「みゆきちゃん、これは？　抹茶パフェ！」

「おいしそうですね。あいだに赤い層があって見た目もきれいです。ベリー系のソースですかね？　撮りがいがありそうです」

「たしかに抹茶の緑と、そのソースの赤は補色関係にあたる組み合わせだから、視覚的にインパクトを生みやすくもあり――」

「なんか、さっきから変な人がコメント入れてきますね。遠野《とおの》さん、なんでこんな人連れてきたんですか？」

「ごめんごめん、次は置いてくるから」

「これ、元々は俺とみゆきちゃんがデートする企画じゃなかったっけ？」

遠野《とおの》も参加することが決まったあの日、遠野《とおの》はさっそく俺を介してみゆきちゃんの連絡先を手に入れ、ふたりで今日のスケジュールを決めたのだった。

一日中遊び倒すつもりらしく、こうして午前中から集合している。

「かわいい～！」

パフェが運ばれてきて、女子ふたりが声をあげる。俺と福田《ふくだ》くんも付き合いで白玉ぜんざいを注文した。しかし――。

「みゆきちゃん、俺の皿から白玉を持っていくのはよせ」

「私は人が食べているものを欲しくなる、少しイケナイ女の子なんです」

「遠野《とおの》もだ。白玉は福田《ふくだ》くんの皿にもある。少しはバランスを――」

「みてください、抹茶パフェが抹茶白玉パフェに！」

「俺の白玉ぜんざいは、ただのあずきになったけどな」

茶房をでたあと、バスや電車を駆使して京都のあちこちをまわった。

美しい京友禅を入れたポールを左右にずらりとならべた小道、天井の梁《はり》に囲われた四角の枠に、かわいらしい色調の和風の絵が描かれているお寺。

ふたりはスマホで写真を撮りまくり、俺と福田《ふくだ》くんは、ときにはそこをどいてくださいといわれ、ときにはカメラマンになったりした。

「しかしこのものたち、映《ば》えの追求にどん欲だな」

遠野《とおの》とみゆきちゃんは仲良く手をつなぎながら、俺と福田《ふくだ》くんの前を歩いている。次の場所に向かっているのだが、その目的地は知らされていない。

「これが現代の女の子か……」

「桐島《きりしま》くんはクラシックだからね」

「クラシック、いい響きだ」

俺はSNSをやらないから、映《ば》えとかはよくわからない。でも、こういう映《ば》えの追求もわるくない気がした。なぜなら、彼女たちが連れていってくれる場所はどこもカラフルだからだ。京都という場所も相まって、極彩色の美しさがある。

色が多いことはいいことだ。とても晴れやかな気持ちになる。

「俺も、もう少し色を使いこなしてみようかな。紺一色の着流しでは、みている人も楽しくないだろ」

「どうするの？」

「生地を派手な女ものにするとか」

「……みゆきちゃんも大変だね」

それにしても、と福田《ふくだ》くんはつづける。

「今日はありがとう、誘ってくれて」

「女ふたりに男ひとりじゃバランスがわるいからな」

「とぼけるね。遠野《とおの》さんがみゆきちゃんに会いたいというお願いをききいれる。するとバランスがわるいという建て前ができて、僕を誘う。僕は遠野《とおの》さんと一緒にお出かけができる。桐島《きりしま》くんは最初からそこまで考えていたんだ」

「どうだろうか」

「あえていわなかったけど、東山《ひがしやま》頂上決戦のマージャンのときから桐島《きりしま》くんはそうだった」

桜ハイツ代表と道の真ん中でマージャン対決をしたときの話だ。あのとき、遠野《とおの》と宮前《みやまえ》、ふたりと食事する権利が勝利の特典に追加された。

「僕が遠野《とおの》さんを好きなのを桐島《きりしま》くんはすでに知っていた。だから桐島《きりしま》くんは途中から勝ちにいったんだ」

「あれは偶然だ」

天和《テンホー》で逆転したが、あの役は最初に牌《はい》が配られた時点でひととおり組み合わせがそろっているという、運に頼ったものだ。でも――。

「ちがうよ。桐島《きりしま》くんは『積み込み』をした。配牌《はいぱい》のさらに前の段階、牌《はい》を混ぜて積む段階で、イカサマをしたんだ。もちろん、あれはとても難しい技だ。だから天和《テンホー》がでるのも最後の局《キョク》になった。桐島《きりしま》くんは遠野《とおの》さんが景品になったときから、何度も積み込みをしていた」

福田《ふくだ》くんは俺の手元をみていたらしい。

「桐島《きりしま》くんは、本当はマージャンが恐ろしく強い。なのに、いつもわざと負けてお金を散財している。なぜそんなに自罰的で抑制的なのか僕にはわからない。でもいつか、桐島《きりしま》くんがそういったものから解放されてほしいと思う」

「そのときは俺と福田《ふくだ》くん、ふたりでマージャン最強コンビとして西は嵯峨《さが》嵐山《あらしやま》から東は山《やま》科《しな》まで名を馳《は》せようじゃないか」

「桐島《きりしま》と福田《ふくだ》」

「語呂がわるいな」

「わるくない」

いずれにせよ、と福田《ふくだ》くんは人懐《ひとなつ》っこい笑顔を浮かべながらいう。

「僕のためにありがとう。感謝しているよ」

俺は少しくすぐったくなって、黙ってしまう。福田《ふくだ》くんはよくわかっているので、それ以上はなにもいおうとしなかった。

ＳＮＳ映《ば》え巡りの最後は、願いを書いてつるすお堂だった。特徴的なのは願いを書くのが絵馬ではなく、手のひらサイズの、丸っこいぬいぐるみというところだ。表面の布に願いを書くのだが、布の色が赤、ピンク、緑、青、黄と様々あり、お堂が願いと色彩に彩《いろど》られて、とてもきれいかつかわいくなっているのだ。

俺は蛍光グリーンの丸っこいそれに、『みんなが幸せになれますように』と書いた。

「いきたいところはだいたいいきましたね」

みゆきちゃんがいう。

「最後にカフェにでもいってしめましょうか」

「午前中にもいかなかったか？」

「いいですね。パフェを食べましょう！」

「一日にふたつ？　遠野《とおの》、ふと——あ、すいません、なんでもないです」

「司郎《しろう》と充《みつる》」

女子たちのいきたいカフェリストは無限であるらしく、午前中にいったのとはまた別のお茶屋さんが運営するカフェに入った。

そして、四人掛けのテーブルに座ったそのときだった。

「あれ、多分よくないです」

遠野《とおの》が珍しく鋭い目つきになっていた。バレーの試合で、スパイクを叩《たた》き込《こ》んでいたときの目だ。

視線を追ってみれば——宮前《みやまえ》が男とふたりでいた。

よくない、と遠野《とおの》が表現した意味はすぐにわかった。

宮前《みやまえ》が、ひどく沈んだ顔でうなだれていたからだ。

◇

私も恋人つくろうと思うんだ。

宮前《みやまえ》はそういっていた。また、これまで男からの好意をないがしろにしてきたから、これからはちゃんと向き合っていくとも語っていた。

だからカフェにいる宮前《みやまえ》が、男に誘われて、とりあえずついていって、話をきいているという状況であることは容易に想像できた。

そして今、俺は宮前《みやまえ》の背後の席にいる。みゆきちゃんと向かい合って、なにくわぬ顔をして男と宮前《みやまえ》の会話をきいていた。遠野《とおの》がいったのだ。

「しおりちゃんが心配です」

「あの男を知っているのか？」

「同じ学部です」

「女をだますタイプとか？」

「そういうのではありませんが……」

心配だというので、俺とみゆきちゃんが宮前《みやまえ》の様子を見守るために近くの席に座った。

男と同じ学部で顔の割れている遠野《とおの》は、福田《ふくだ》くんと一緒に離れた席に座っている。

『桐島《きりしま》さん、しおりちゃんを頼みますよ。なにかあったら助けてあげてください』

遠野《とおの》が真剣な眼差《まなざ》しでアイコンタクトを送ってくる。その手元には特大のパフェがあり、ほっぺには生クリームをつけていた。

俺はほうじ茶を飲みながら、背後にいる宮前《みやまえ》と男の会話に耳を澄ませる。

「宮前《みやまえ》さん、正直いって君は評判わるいよ」

「うん……知ってる」

「俺は全然いいんだけどさ、そういうの気にしないし。でも、みんなはほら、宮前《みやまえ》さんのこと遊んでる女の子って印象だからさ」

「うん……」

「まあ、俺といれば大丈夫だよ。俺、みんなからけっこう信頼されてるし、宮前《みやまえ》さんがちゃんと変わりたいって思ってるなら、守ってあげられるし。宮前《みやまえ》さんはいい子だよ、って俺がいえば、みんなもわかってくれるし」

なるほど、そういうタイプですか、と一緒に聞き耳を立てていたみゆきちゃんがいう。

「話にはききます。女の人にお前はここがダメだといいつづけて弱気にさせ、自分は味方だ、お前のことは俺が一番わかってる、といって、つけ込むように口説く男。本当にいたんですね。でもまあ、宮前《みやまえ》さんはかなり場数を踏んでいるようにみえますし、あの程度の男には——」

「ありがとう……木村《きむら》くんってすごく頼りになるんだね……」

みゆきちゃんは俺の背中の向こうに目をやりながら、すん、とした顔になる。

「……もしかして、宮前《みやまえ》さんってポンコツですか？」

「ちょっとな」

宮前《みやまえ》はこれまで自分にいい寄ってくる男たちを真剣には相手にしてこなかった。けれどそれを反省し、ちゃんと話をきくようになった。そして、話をきくようになった宮前《みやまえ》は、すごくだまされやすい女の子だった。

「これ、みてください」

みゆきちゃんがスマホをみせてくる。遠野《とおの》が男のＳＮＳのアドレスを送ってくれたのだ。

名前は木村《きむら》というらしい。

SNSに書き込まれている本人の意見や、引用されている記事をみてみると、彼の考えはおおむねこのようなものであるらしかった。

公務員は税金の無駄遣い、少年法はもっと厳しくするべき、生活保護を受けている人は今すぐ働け、遊んでる女がひどい目にあっても自業自得《じごうじとく》、どんな環境にいても勉強くらい必死でやっていい大学いけ、スキャンダルを起こした芸能人は二度と復帰するな。

「彼はとても強くて正しい人なんだな」

「でも、『俺は気にしないけど』って枕詞《まくらことば》がいっぱいついてますね」

「インテリジェンスがあるんだ。そういっておけば、自分が心の広い男で、さらには中立で客観的な意見をいっているように演出できるって知ってるんだよ」

一見して冷静にみえる文章。でもその文面からは、『なあみんな、そうだよな⁉』という大きな声がきこえてくるようだった。

俺たちがそんなSNSの文章をみているときも、木村《きむら》は宮前《みやまえ》の心をどんどん弱らせていく。

「あえて厳しいことというけど」

よくある前口上。

「宮前《みやまえ》さん、薄いと思う。寂しかったから男の人とたくさんお出かけしてた、っていってたけど、なにか目指すものとかあればそういう発想にはならないし」

「自分の成長のためにも俺は空いた時間は英会話の勉強したり体鍛えたりしてる。宮前《みやまえ》さんもそういうこととしたら？　昼休み、一緒に英会話の練習する？　俺、教えるけど？」

いや、その上からの誘い方は無理すぎるだろ。

「そうかも……」

「……そうしようかな」

宮前《みやまえ》、チョロすぎ!!

俺は後ろの会話をききながら、みゆきちゃんにいう。

「宮前《みやまえ》は、お金にだらしないタイプの男につかまって貢《みつ》ぎまくりそうだなって、心配してたんだ……」

「女の子をけなして自己肯定感を下げて支配しようとするタイプのダメ男につかまりそうになってますね」

「宮前《みやまえ》のやつ、正直にいっちゃったんだろうな。今までのこと反省してるって」

「そこにつけ込む説教男……あんなの流せばいいのに」

真面目なんだよ、と俺はこたえる。

「宮前《みやまえ》さんのSNSさあ、なんか、カラフルでおしゃれな画像ばかりだよね」

「うん、そうだけど……」

「それもどうかと思うよ。他人からどうみられるかとか、撮ることばかりに意識がいって、物事の本質を見失ってるじゃん。そう思わない？」

「そうかも……」

みゆきちゃんが俺をじっとみる。

「午前中に同じようなセリフをききましたね」

「……さてと、ダウンロード完了、と。あの店員さん、注文いいですか？　あそこのテーブルで背の高い女の子が食べてるパフェをひとつお願いします。はい、あの子が両手にスプーン持って食べてるやつです」

しばらく待っていると、巨大なパフェが運ばれてくる。俺は撮りまくった。俺はあの男とはちがう。多分。

「宮前《みやまえ》さん、俺のサークル入らない？　一緒にいたらいろいろいってあげられるし」

「うん……あ、でも最近忙しいかも……」

「講義終わったあとなにしてるの？」

「魚焼いて食べたり……」

「あのさあ――」

男はあきれたように笑ってから、また宮前《みやまえ》をけなし、自分をあげ、自分なら宮前《みやまえ》を正しく導けると自信たっぷりに語る。

「でも、ごめん、やっぱ私、魚焼いてたいし……魚だんだん捌《さば》けるようになって楽しいし……

サークルやるよりもそっちのほうが……」

　宮前《みやまえ》が自分の意志をみせた、そのときだった。

「宮前《みやまえ》さんがテキトーに遊んだ男のひとりで、大学辞めたやついるよ」

「え？」

「失恋のショックだってさ。知らなかったし、考えたことなかったでしょ？　そういうところが薄いんだよ。想像力が足りなくて、他人を傷つけてしまう。今までどおり、宮前《みやまえ》さんが自分の考えで動いてたらまた他人を傷つけるんだから、少しは人のアドバイスをきいたほうがいいと思うね」

　俺は別にいいんだけどさ、と木村《きむら》はいう。

「他人をめちゃくちゃ傷つけておいて、自分は楽しく遊んでたらみんなはどう思うかな？　世間的には反省がないってことになると思うよ。いや、俺は宮前《みやまえ》さんのことよくわかってるから大丈夫だけどね」

　まあいいじゃん、元気だしなよ、と木村《きむら》はつづける。飴《あめ》と鞭《むち》をひとりでやっている。

「宮前《みやまえ》さん変わりたいんでしょ？　俺が手伝うからさ？　俺、みんなからそういうのでけっこう相談されたりするんだ。宮前《みやまえ》さんも俺のいうことききいてみたら？」

　桐島《きりしま》さん、と正面のみゆきちゃんが小声でいう。

「そろそろ助けてあげたらどうです？」

「ああ……」

俺はうなずく。少し気分が重い。

そんな様子をみて、みゆきちゃんが、「ええ～」と声をあげる。

「もしかしてくらってます？　過去に誰かを傷つけておいて、今、自分は楽しんでるみたいな言葉、あれに高校のときの自分を重ねてくらっちゃってますよね？」

「いや……」

「完全にくらってるじゃないですか……」

「大丈夫だ。宮前《みやまえ》は俺が助ける。あの男に誘われて、こういうことになったのは多分、俺のせいなんだ」

「どうしてですか？」

「変な男につかまらないようにしろ、っていった」

「それで変な男の対極にいそうな、一見ちゃんとしてるようにみえる正論パンチマンについていったわけですか……お、男をみる目がない……」

過去にひどいことをした人間が今を楽しんでいいのかという命題の答えはいまだ持っていない。けれど、しゅんとした宮前《みやまえ》を助ける理由は持っている。

みんなが幸せになれますように。

この俺の願いの『みんな』の範囲はあまり広くないが、当然、宮前《みやまえ》は含まれている。

だから俺は席を立ち、宮前《みやまえ》のとなりにいっていう。

「一緒に帰ろう、宮前《みやまえ》」

宮前《みやまえ》は一瞬、俺がいることに驚いた顔をしたが、すぐに鼻水を垂らしたくしゃくしゃの表情になっていう。

「桐島《きりしま》ぁ〜一緒に帰るぅぅ〜」

宮前《みやまえ》、めちゃくちゃ弱ってるな。

「じゃあ、いこう」

木村《きむら》という男に、ごめん、と一言だけいって宮前《みやまえ》を連れてその場を離れようとする。

そのときだった。

「うお！　桐島《きりしま》じゃん！」

木村《きむら》は驚いた顔をしていった。そして近くでその顔をみて、俺もわかってしまう。

この木村《きむら》という男、高校のときのクラスメートだ。どうやら宮前《みやまえ》や遠野《とおの》と同じ大学に進学していたらしい。そしてあのことも知っているから、驚いた顔のままいう。

「え？　桐島《きりしま》、お前あんなことやっといて、また別の女とつるんでんの？　いい加減にしろって」

そのあとの時間の流れは曖昧だった。

ちゃんと測れば短かったかもしれない。でも、俺には永遠のように思えた。

木村《きむら》は俺に憤《いきどお》っていた。

「なんで普通の顔してられんの？　わるいと思わねえの？」「京都に逃げて、なかったことにしてるわけ？」「俺だったら世間に顔向けできねえわ」「宮前《みやまえ》は知ってんの？　知らねえよな」「宮前《みやまえ》、わるいこといわねえから桐島《きりしま》はやめとけって」

俺は、木村《きむら》が下心を持って、自分のところに宮前《みやまえ》を誘導するためにあの正論をぶっているのだと思っていた。しかし、少なくとも俺に対しては強固に、本気でその正義を信じているようだった。

「高校のときのみんながきいたら怒るぞ？　ていうか、世間的にもマジでないことやってんだからさ、うわ、なんもいえねわ、信じらんねえ」

俺はいいんだけど、とはいわなかった。怒っているのだ。同じ高校で、俺が傷つけたふたりにリアリティがあるからかもしれない。

正直、木村《きむら》の怒りや意見というものは全自動で、パッケージされたもので、そこに思考というものは感じられなかった。だからこそ強くて、正統だった。おそらく誰かを深く傷つけたことがないのだろう。だから他人にここまで強くいえる。

そしてそうできる木村《きむら》が、本当に正しかった。

他人を傷つける人間と傷つけない人間、どちらが素晴らしいかといえば傷つけない人間だからだ。それが想像力の欠如した正しさからくるものだとしても、傷つけずに終われるならそっちがいい。

たしかに木村《きむら》の話し方は好きじゃない。

主語が世間とか、みんなだ。

『世間というのは、君じゃないか』

太宰治《だざいおさむ》の『人間失格』のなかの言葉。

高校生のころ、俺は世間を主語にして話す人間に対して怒りを覚えていた。世間的な正しさを盾にして話す人間こそ、思考停止で、まちがっていると思っていた。

でも、俺のその価値観は敗北してしまった。もし俺が世間的な正しさを信じて、いうとおりにしていたら、高校二年のあの出来事は起きなかったかもしれないのだ。

「桐島《きりしま》ぁ、帰ろうよぉ～私、帰りたいよぉ～」

宮前《みやまえ》が不安そうな顔で俺の袖を引っ張る。

俺はもう、宮前《みやまえ》を連れて帰ることが正しいのかどうかもわからない。宮前《みやまえ》は木村《きむら》についていったほうがいいんじゃないかとすら思える。なぜなら、俺は『世間的にもマジでないこと』をやってしまっているからだ。

俺はなにもいい返せない。彼に反論するロジックはなにひとつなかった。

そして木村《きむら》は宮前《みやまえ》に向きなおっていう。

「いや、俺はいいたくないんだけどさ、なんか誰かの過去を話すとか品がないしさ、でも宮前《みやまえ》のためにもいっといたほうがいいと思うんだよ。マジでいいたくないぜ、でも宮前《みやまえ》のためにいうわ。こいつさ――」

途中で、木村《きむら》の言葉が途切れた。いつのまにか、すぐそばに遠野《とおの》が立っていたからだ。

遠野《とおの》はしれっとした顔のまま、俺に顔を近づけると、俺の着ているシャツでほっぺについた生クリームを拭いた。シャツは大道寺《だいどうじ》さんのものだ。

「え、なんで遠野《とおの》さんが？」

遠野《とおの》はほっぺにもうクリームがついていないことを指で確認し、次に木村《きむら》に目を向ける。

その瞬間だった。

木村《きむら》は大きな音を立てて、椅子から転げ落ちていた。

遠野《とおの》が、木村《きむら》を思い切り殴ったのだ。

木村《きむら》は床に転がりながら、今起きたことに動揺している。

「え？　いや、お、お、おぇぇ？」

そして殴られた頰を手で押さえながら、しどろもどろになりながらいう。

「お、えっと、その、ぼ、暴力は……ダメだろ……」

彼は、理論武装は完璧だが、この事態はまったく想定していなかったようだ。現代社会なら普通そうだし、俺だってそうだ。

「いや、暴力って……マジでないやつじゃん……」

木村《きむら》は呆然《ぼうぜん》とした表情でいう。

遠野《とおの》は自分のこぶしをみる。

「これは暴力ではありません」

そして首を少しひねって、なにやら考えてからいう。

「遠野《とおの》パンチです」

「……たしかに」

俺も同意する。

これは暴力ではない。

「遠野《とおの》パンチだ」

◇

夜、銭湯帰りにスマホをみてみれば、大道寺《だいどうじ》さんからメッセージが入っていた。大学のグラウンドにきてはどうか、という誘いだった。いつものメンツもいるらしい。

湯上がり卵肌のまま自転車で大学に乗りつける。遅い時間だが、研究棟の明かりは煌々《こうこう》と照っており、サークル棟からも楽器の音がきこえていた。

そんなキャンパスの奥にいってみれば、グラウンドの真ん中で大道寺《だいどうじ》さんがかがみ込み、なにやら怪しい物体をいじっていた。少し離れて、遠野《とおの》と宮前《みやまえ》、福田《ふくだ》くんがぼ〜っとその様子をみている。

「なにやってんの？」

俺がきくと、しゃがんでいた宮前《みやまえ》が顔をあげる。

「ロケット打ち上げるんだって。あれ、本当に宇宙にいくの？」

「多分、空に高くあがって、そのあとでパラシュートが開いて落ちてくる」

大道寺《だいどうじ》さんは高校生のときに、ロケットの打ち上げコンテストに出場している。そのときの映像をみせてもらったことがある。火薬式エンジンをつけた円筒のお菓子の箱が、白い煙をあげて空高く舞いあがっていた。滞空時間を競う大会だった。

今夜の打ち上げも、それに近いものだろう。ロケットのボディはお菓子の箱ではないが、大きさは俺の腰くらいまでの高さの円筒だった。

「桐島《きりしま》、今日はごめん」

宮前《みやまえ》がいう。

「デート中だったのにさ。みゆきちゃんに謝っといてよ」

「大丈夫だ。みゆきちゃんも、『きれいな右ストレートがみれた』って喜んでた」

駅に送っていったとき、こうもいっていた。

『私もああやって桐島《きりしま》さんを糾弾すればよかったのかもしれません。でも、できませんね。桐《きり》島《しま》さんとこういうことしてるんですから』

そして、ヤマメ荘にきたことのある彼女は、俺の部屋の引き出しに、何通もの宛名のない手紙と、東京への片道切符を買えるだけのお金があることも知っている。

『でも、あれはもう必要ないのかもしれません。みんな前に進んでいくんだと思います。今さらなにを伝えるんでしょうか？　伝える必要があるんでしょうか？　今日、とてもいい仲間に囲まれている桐島《きりしま》さんをみて、そんな気持ちになってしまいました』

俺はその言葉を反芻《はんすう》する。

夜風が吹き抜け、みあげれば満天の星だった。

あのとき、遠野《とおの》は、木村《きむら》が俺の過去を語ろうとした寸前で黙らせた。俺がなにかしらの人にはいえないような失敗をしたことは、遠野《とおの》も福田《ふくだ》くんも当然わかっているはずだ。けれど、今も彼らは涼しい顔で大道寺《だいどうじ》さんの作業を見守っている。

友だちだったらなんでも打ち明けるべきだ。それが信頼だ。そんな定型的でパターン化された考えは持っていない。それが彼らの深さだった。

粋な横顔。

福田《ふくだ》くんとふと目が合う。福田《ふくだ》くんは俺と宮前《みやまえ》にやさしく微笑《ほほえ》みながらいう。

「もし過去に誰かを傷つけた人を許してはいけないのなら、僕は世界中の誰とも友だちになることはできないと思う。そして、世界中の誰も僕と友だちにはなってくれないだろうね」

それが全てだった。

俺はなんだか照れくさくなって下を向いてしまう。

なんてやりとりをしているうちに、大道寺《だいどうじ》さんが作業を終え、こっちに走ってくる。

「いくぞ～！」

そういって手に持っていたスイッチを押すと、ロケットの下から白い煙がもくもくとあがり、数秒後に、炭酸のペットボトルを開けたような音を立てて、発射した。

ロケットの先端にとりつけられた赤いライトが、どんどん夜空をのぼっていく。

それはまるで、果てない空の道しるべのようだった。

俺たちはただそれを眺めつづける。

「なかなか落ちてきませんね」

「試作十三号機だからな」

大道寺《だいどうじ》さんはいう。

「十年後の俺は、おそらく本物のロケットを宇宙に飛ばしているだろう。お前たちは十年後、なにしてる？」

とても難しい質問だった。目標があったとして、それを達成しているかもわからない。自分がどうなりたいのか、どうなっているのか。

福田《ふくだ》くんも、「う〜ん」とうなる。

しかし遠野《とおの》はちがった。

「十年後もいっぱい食べてます！　コンビニの新製品、地方の新銘菓！」

「おい〜そうじゃないだろ〜」

大道寺《だいどうじ》さんがいう。

「もっと、こう、宇宙的にデカい将来の夢的なやつをだな〜」

「じゃあ、私は十年後、大道寺《だいどうじ》さんがあげてるロケットを下から眺めとこうかな」

「宮前《みやまえ》〜ここはそれぞれの目標を語り合って熱くなるとこなんだよ。こっちはそのためにロケットあげてんだよ〜」

宮前《みやまえ》は完全に大道寺《だいどうじ》さんを無視して、「いいこと思いついた」という。

「十年後、みんなで種子島《たねがしま》にいこうよ。それで、一緒にロケットの打ち上げみるの」

そういう宮前《みやまえ》の表情はまるで少女のようだった。

「それいい！」

遠野《とおの》が一緒になって盛りあがる。

「今はお金ないけど、十年後なら僕もいけると思う」

福田《ふくだ》くんもノリ気だ。

宮前《みやまえ》は嬉《うれ》しそうにみんなに向かっていう。

「約束だからね！」

「それ俺のロケットか？」

「みんなで集まれれば、誰のロケットでもいいかも」

「もっと俺を大事にしろよ〜」

酸《す》っぱい顔をする大道寺《だいどうじ》さんをほっぽらかして、宮前《みやまえ》が俺の袖をつかんでいう。

「桐島《きりしま》、約束だよ？」

俺は「ああ」とこたえる。

十年後、俺たちがなにをしているかはわからない。時が流れ、季節の移ろいとともに、人間関係も、今抱いている感情もきっと変化しているはずだ。五人ともばらばらの場所で、それぞれの人生を生きているかもしれない。

けれどもし、十年後、また同じメンバーで集まって、ロケットの打ち上げをみることができたなら、それはとても素敵なことだ。

そう、思った。

第4話　友情

京都にはいわずと知れた祇園祭《ぎおんまつり》がある。毎年七月におこなわれ、山鉾《やまぼこ》と呼ばれる絢爛豪華《けんらんごうか》に飾りつけられた山車《だし》が巡行するのだが、その前夜祭が宵山《よいやま》だ。

宵山《よいやま》は非常に盛りあがる。歩行者天国となり、無数の提灯《ちょうちん》が吊られた通りには露店がならび、巡行を控えた山鉾《やまぼこ》がライトアップされて各所に置かれる。夜空を背景にみあげる山鉾《やまぼこ》のたたずまいといえば、厳粛かつ華やかで、なんとも神妙だけれど、なにやら楽しい気分にさせられる。

そんな祭り囃子《まつりばやし》が響く宵山《よいやま》の夜。

俺は浴衣《ゆかた》を着た人たちのあいだを縫うようにして、京の都を駆け抜けていた。

「桐島《きりしま》さ～ん、待ってください～！」

「こら遠野《とおの》、ついてくるな！　戻れ！」

しかし遠野《とおの》はいうことをきかず、ずっと追いかけてくる。

「なんでそんなに足速いんですか？　絶対体力ないのに！　走り方すっごく変なのに！」

「ナチュラルに俺をディスるな！」

今夜だけは止まるわけにはいかなかった。

逃げる俺。

追いかけてくる遠野《とおの》。

なぜこんなことになったのか。話は少々さかのぼる。

◇

「え？　桐島《きりしま》くん、殴られたの？」

「ああ。小学生に」

福田《ふくだ》くんと会話をしていた。

夕方、いつものごとくヤマメ荘と桜ハイツのあいだの私道で、魚を焼く準備をしているときのことだ。今夜の獲物は鱧《はも》だった。大道寺《だいどうじ》さんがわざわざ海までいって釣ってきた。その交通費があれば鱧《はも》の切り身が買えたのではないかといったら、大道寺《だいどうじ》さんはひどく哀《かな》しい顔になっていた。

「どこで？」

「まさにここで殴られた」

数時間ほど前、大学の講義が終わって帰ってきたらヤマメ荘の前に小学生がいた。前髪を切りそろえた、半袖半ズボンの男の子だった。

育ちのよさそうな男子小学生は俺をみるなりいった。

『お前が着物男だな』

『この界隈《かいわい》ではそういうことでやらせていただいている』

『成敗！』

男子小学生は俺の下腹部にパンチを繰りだすと、そのまま走り去っていった。俺は数分間、地面にうずくまり悶絶《もんぜつ》した。

「あの男子小学生、何度かみたことがある」

「どこで？」

「コンビニ」

アイスを買っているところを何度かみた。塾にでもいくのか、いつも大きなカバンを背負っている。

「キャッシュレスで支払いをしていた」

ＩＣカードを、タッチするところに、ばし〜ん、と勢いよく叩《たた》きつけていた。

「小学生よりも遅れているのかとショックを受けたからよく覚えている」

「桐島《きりしま》くんはいまだに現金主義だからね」

「クラシックなんだ。しかし、なぜ小学生に殴られたんだろう？」

「いずれわかるよ」

「どういうこと？」

「桐島《きりしま》くんは少し殴られたほうがいい」

福田《ふくだ》くんは笑いながらそんなことをいうのだった。

「それにしても小学生のころから塾に通えるなんて幸せだね。人に教えてもらうことでわかることも多いから」

福田《ふくだ》くんが塾にも予備校にも通わず大学に合格したのは仲間内では有名な話だった。そこには当然、それなりの苦労があったのだろう。

「弟くんも独学かい？」

俺はきく。

福田《ふくだ》くんには弟がいて、たしか今年が大学受験の年だったはずだ。

「うん。だから僕が使っていた参考書なんかを送ろうと思うんだ。桐島《きりしま》くんもいらないものがあれば譲ってくれないかな。弟を少しでも助けたいんだ」

「かまわないが、今年から受験の形式が一部変わるってニュースでやってなかったか？」

「そういえばそうだったね。だったら古いテキストは使わないほうがいいな……」

そんな話をしているうちに、大道寺《だいどうじ》さんが辛子酢味噌《すみそ》を持ってやってくる。そして俺たちが捌《さば》いた鱧《はも》をみながらいった。

「鱧《はも》は捌《さば》いただけじゃダメだ。骨切りをしないと」

大道寺《だいどうじ》さんが鱧《はも》の白身に細かく包丁を入れはじめる。そのあいだ、俺たちはいつものごとく火をおこして、鍋を置き、湯を沸かした。

鱧《はも》の湯引きが完成したところで、大葉とともに皿に盛りつけ、俺はスマホをかまえ、シャッターを何度もきる。

「辛子酢味噌《すみそ》で食べるのが好きだが、梅肉をのせたほうが色合い的には映えるか……」

「本質を見失った桐島《きりしま》くん……」

お味のほうは、ほどよく歯ごたえがあり、さっぱりとした味が辛子酢味噌《すみそ》でひきたち、まさに夏に食べるのにぴったりの爽やかさだった。

「そういえば遠野《とおの》はどうしたんだ？　夏の鱧《はも》とか最高の映《ば》え素材だろ」

俺がいうと、福田《ふくだ》くんがこたえる。

「遠野《とおの》さんはバイトをはじめたよ」

「あいつ、部活もあって忙しいだろ。一体いつから？」

「先週から。大道寺《だいどうじ》さんが祇園祭《ぎおんまつり》と鱧祭《はもまつり》の話をしたその日にはアプリで検索してたよ」

大道寺《だいどうじ》さんが、祇園祭《ぎおんまつり》には鱧祭《はもまつり》という別称があるが、そう呼んでいる人をみたことがないという話をした。

そして、みんなで祇園祭《ぎおんまつり》にいこうと約束した。

特にお金が必要になる話題はでていないが、食いしん坊の遠野《とおの》のことだから、鱧《はも》をたらふく食べたくなったのかもしれない。貴船《きぶね》の納涼床《のうりょうゆか》で食べる鱧《はも》は格別美味《おい》しいらしいが、値段がかなり高いときく。

「遠野《とおの》はなんのバイトしてるんだ？」

「パン屋さんだよ」

白い服を着てコック帽をかぶった遠野《とおの》を想像する。つまみ食いしているシーンしか思い浮かばないが、ビジュアルはなかなか似合っている気がした。

「最近、たまに桐島《きりしま》くんの部屋の前にパンが置かれているだろ」

「ああ。紙袋にたくさんパンが入っていて、とても助かっている」

「パン屋さんのパンはその日のうちが基本だからね。いっぱい持って帰れるんだ」

「あれは遠野《とおの》の恩返しだったのか」

「桐島《きりしま》くん、誰がくれたのかわからないものを食べてたんだ……」

そこで福田《ふくだ》くんは、「今夜は早く寝るよ」といって立ちあがる。

「実は僕もバイトを増やしたんだ」

「そうなのか」

「宮前《みやまえ》さんもいつもより多くシフトに入ってる」

忙しいから、この魚を食べる会に参加していないらしい。

「バイトブームがきてるのか？」

いずれにせよ、遠野《とおの》のバイトを俺よりも先に福田《ふくだ》くんが知っているのはいい兆候だ。ふたりはいろいろと話をして、どんどん仲良くなっているのだ。

「桐島《きりしま》」

大道寺《だいどうじ》さんが食後の手遊《てすさ》びに馬頭琴《ばとうきん》を弾《ひ》きながらいう。

「お前もバイトしといたほうがいいんじゃないか?」

いきなりバイトをはじめた遠野《とおの》たち。

一体なにに使うつもりなのだろうか。

なにはともあれ――。

「わかりました。桐島司郎《きりしましろう》やります、バイトします」

◇

俺は日々、短期のアルバイトをして食いつないでいる。そして今回、選んだのはデパートの催事場だった。呉服屋さんが期間限定で出店していて、そこの販売員だ。

販売員といっても俺は着付けができないので、品出しや陳列などの雑用が主な仕事だった。お客さんが少ないので、売り場にいるのは俺と赤いメガネのお姉さんのふたりだけだった。

メガネのお姉さんは色を抑えた着物を着て、メガネと配色のバランスをとっていた。俺はいつもの着流しである。これで面接にいったら、その場で採用された。

「桐島《きりしま》くん、今日はこの反物ならべよう」

お姉さんにいわれて、店先の撞木《しゅもく》に反物をかけていく。

「桐島《きりしま》くん、この帯なおしといて」

帯を片付ける。

「桐島《きりしま》くん、ジュース買ってきて」

ジュースを買ってくる。

「桐島《きりしま》くん、肩もんで」

年上のお姉さんにこき使われるのも、それはそれでわるくなかった。そしてお客さんが全然こないので、お姉さんと雑談している時間が多かった。今の時代、着物を買う人は少ない。

大学の講義にでて、デパートの催事場で雑談する。

そんな日々を過ごしていたある日のことだ。

売り場でお姉さんといつものごとく話をしていると、珍しくお客さんがきた。若い女の子だった。

「桐島《きりしま》くん、接客だ！」

俺はにわか仕込みの着物知識を引っさげ、意気揚々と女の子のところにゆき、なんかいい感じに上品な声色をつくって話しかけるが――。

「え？　なんで桐島《きりしま》がいるの？」

「なんだ、宮前《みやまえ》か」

「なんだとは失礼な……」

宮前《みやまえ》が不機嫌そうな顔になる。ツンツンモードだ。

「それで、なんで桐島《きりしま》がいるわけ？」

「ここでバイトしてるんだ。最近みんな忙しくて、ずっと大道寺《だいどうじ》さんとふたりきりだし」

「ふうん」

宮前《みやまえ》がみているのは浴衣《ゆかた》のコーナーだった。

「ちゃんとした呉服屋の浴衣《ゆかた》だから高いぞ」

大学生には少し値段が張る。しかし、宮前《みやまえ》はそのちゃんとした浴衣《ゆかた》が欲しいのだという。

「遠野《とおの》とも話したんだ。せっかくだし、いい浴衣《ゆかた》買おうって」

「もしかして、祇園祭《ぎおんまつり》か？」

「映《ば》えるためにはちゃんとした浴衣《ゆかた》着てるほうがいいでしょ」

遠野《とおの》がパン屋さんで働きはじめたのも、そのためだったのだ。鱧《はも》の話をしていたから、勝手に貴船《きぶね》の納涼床《のうりようゆか》で鱧《はも》を食べるためにバイトをはじめたと思っていたが、食い意地よりも映《ば》えが勝ったらしい。

「浴衣《ゆかた》持ってたら夏はそれでいろいろお出かけできるでしょ」

せっかく京都にいるんだから、という話を遠野《とおの》としたのだという。

「どんな柄がいいかな？」

浴衣《ゆかた》の柄を順にみていく宮前《みやまえ》。

「今年の流行の柄は――」

俺はいろいろと解説する。しかし宮前《みやまえ》はなにか気に入らないようで、ジトッとした目で俺をみるばかりだ。

「色の組み合わせは――」

宮前《みやまえ》のなにかいいたそうな顔。

「帯は――」

宮前《みやまえ》はついにこらえきれなくなったのか、怒った口調になっていった。

「そんなのきいてない！　桐島《きりしま》が好きな柄きいてるの！」

「……菖蒲《しょうぶ》かな」

宮前《みやまえ》は少し考えるような仕草をしてからいう。

「もういいや。桐島《きりしま》いたら試着のとき、のぞかれそうだし。桐島《きりしま》いないときに遠野《とおの》と一緒にくる」

そういって、すたすたと去っていった。一体、なんだったのだろうか。

「すいません、お客さんを逃がしてしまいました」

「いいって、いいって」

お姉さんはいう。

「お金持ってそうなマダムに、すっごい高い着物売ってくれたらそれでいいからさ」

当然、その条件は達成できなかった。かわりに、仕事が終わったあと、お姉さんと一緒に飲みにいくことになった。一杯付き合ってよ、といわれたのだ。

もちろん、互いに下心はない。

とても自然な誘いかたで、俺も自然に承諾していた。

店はどてカツの美味《おい》しい居酒屋だった。サラリーマンたちが楽しそうに飲んでいる店で、和服の俺たちもそんな喧騒《けんそう》にきれいに溶け込んだ。

お姉さんは酔いながら、大学時代から付き合っていた彼氏と別れた話をした。

就職して遠距離になったことと、互いの仕事の休日があわなかったことが原因らしい。

愛がさめたとか、浮気《うわき》したとか、そういう理由で別れたわけじゃない。とても現実的な理由で、その前提として、恋人というのはかわりのきくものだった。なんなら仕事のほうが簡単にはかわりをみつけられないから、そちらと両立できるかどうかが、恋人に求める条件になっているようだった。

お姉さんがドライというわけではない。お姉さんだって高校生のときは、夜も眠れないような恋をしていたはずだ。それが大人になって、どんどん現実的になっていったのだ。

高校生のときは、恋というものが特別だと感じる。でも、大人になって何度も恋をするうちに、それを何度も訪れるひとつの現象としてとらえるようになるのかもしれない。

俺は少し、高校生のころが懐《なつ》かしくなる。

あの、同じ教室にいるのに、男女のあいだにあった絶妙に遠い距離感。

まるで秘め事のような恋の数々。

俺にも、今はまだその残り香がある。制服姿の高校生をみると、ふとあの日の残像を追うような気持ちになるし、短期バイトではなく、許されるならどこかのバーで音楽を聴きながら、グラスを磨いてジャガイモの皮をむきたいとも思う。

メガネのお姉さんにおごってもらい、礼をいって別れ、家路につきながら、そんな少しセンチメンタルな気持ちになって、駅へと向かった。

夜遅くの、がらがらの電車に乗っていると、なぜだかひどく寂しい気持ちになった。けれど俺にはちゃんと帰る場所がある。

電車を降り、夜道を歩く。下駄《げた》の音が、今夜はなんだか切ない。思い出というのはやっかいなところがある。

少し足早に歩けば、ヤマメ荘と桜ハイツの明かりがみえてきた。

しかし、通りを折れて私道に入ろうとしたところで、俺は足を止める。

アパートの前に、福田《ふくだ》くんと遠野《とおの》がいたからだ。なにやら楽しそうに立ち話をしていた。

遠野《とおの》は髪を後ろでくくって、ジャージの上下を着ている。ランニング帰りなのかもしれないし、普段着なのかもしれない。

いずれにせよ、ふたりが仲良しなのはいいことだ。

俺は踵《きびす》を返《かえ》し、もう少し夜の散歩をしてから帰ることにする。

東に向かい、哲学の道にでて、琵琶湖疏水《びわこそすい》の流れる音に耳を澄ませながら南禅寺《なんぜんじ》に向かって歩く。

みんな、少しずつ大人になっていく。

俺も、下心なく年上の女の人と飲みにいくことができるようになった。いつか、恋というものをいとも簡単に手のなかで扱い、現実的なものとして考えるようになるのかもしれない。

だからこそ、福田《ふくだ》くんの純粋な恋を大切にしたかった。

福田《ふくだ》くんも遠野《とおの》も、まだまだ横顔に青春の幼さを残している。

この季節が、俺たちの世代にとって、恋というものに純粋に向き合える最後かもしれない。

そう思うと、ふたりがいい感じで話をつづけるために、夜道をぶらぶらするくらい、どうってことないのだった。

しかし——。

数日後、福田《ふくだ》くんはいった。

「僕は、遠野《とおの》さんへの気持ちをあきらめようと思う」

◇

祇園祭《ぎおんまつり》の前夜祭、宵山《よいやま》をあと数日に控えた日のことだ。

福田《ふくだ》くんと一緒に自転車で山道をのぼり、渓流釣りにきていた。狙うはニジマスだ。樹木の影が延びている岩場から、釣り糸を垂らす。

木漏れ日と蟬《せみ》しぐれのなか、のんびりとする。ふたりとも短期バイトを終えて、いつもどおりの日常に戻っていた。

「どうして、遠野《とおの》をあきらめようと思ったんだ？」

俺はきく。

福田《ふくだ》くんはにこやかな表情のままいった。

「僕はね、農業高校に通ってたんだ」

ほぼ男子しかいない学校で、田んぼの真ん中にあって、女子と関わる機会はほとんどなかったらしい。

「野菜を育てたり、馬の世話をしたりしてたんだ。世の中でよくきく、いわゆる高校生的な恋とはまったく無縁だった。青春映画を観《み》てはクラスメートと、あれはファンタジーだって笑ったものだよ。でも、好きな子がいなかったわけじゃない」

　毎朝、同じ電車に乗る女の子がいたらしい。

「今思うと、身近にその子しかいなかったから好きになったのかもしれない。でもそのときは、本当に好きだった。その子は電車のなかで、いつも小説を読んでいるんだ。田舎だったけど、あかぬけていて、都会的にみえた」

　なにを読んでいるのか、友だちとはどんな会話をしているのか、運動は得意なのか、真面目に授業を受けているのか、意外にも頬杖《ほおづえ》をついていたりするのか、いろいろなことを知りたいと思ったらしい。

「声をかけることはできなかったんだね」

「桐島《きりしま》くんならできた？」

「難しいだろう」

　付き合ったらどんな感じか、大学はどこにいくのか、もし同じ高校でクラスメートだったら友だちになれただろうか、そんなことを想像しながら時は過ぎていったという。

「大学生になって、向かいのマンションから遠野《とおの》さんがでてくるのをただ眺めていた。高校生のときと同じで、またずっとみているだけで終わっていくのだと思った」

　でも、そうはならなかった。

　東山《ひがしやま》頂上決戦のマージャンで俺がイカサマをして、遠野《とおの》との接点をつくったから。

「桐島《きりしま》エーリッヒという男はたいしたものだよ」

福田《ふくだ》くんは冗談めかして笑う。

「僕は遠野《とおの》さんと普通に会話できるようになったし、多くの時間をともにすることになった。お出かけだってしたし、これからもできる。すごい進歩だ。そして、これで十分なんだ」

そこで、福田《ふくだ》くんの竿《さお》がしなる。

かかったのだ。川魚だからそれほど引きは強くない。水面まで引っ張ったところで、俺がタモですくう。針を外し、川に落とした網のなかを泳がしておく。まずは一匹。

「今の話だと」

俺は福田《ふくだ》くんが釣ったニジマスを眺めながらいう。

「遠野《とおの》をあきらめる理由にはならない」

「たしかにね」

福田《ふくだ》くんはまた仕掛けをつくって、竿《さお》をふって釣り糸を垂らす。そして観念したようにいう。

「宮前《みやまえ》さんが桐島《きりしま》くんに『好き』といわないのと同じ理由だよ」

「……なんのことだろうか」

「あんまりとぼけてると、またあの小学生に殴られるよ」

俺は少し考えてからいう。

「宮前《みやまえ》のバイトは塾の先生か」

「そういうこと。小学生を教えてる。僕の学部の友だちが宮前《みやまえ》さんと同じ塾で講師をしてるんだ。きいた話だと、ずいぶん人気があるらしい。ときどき方言がでるところや、すっとぼけた和服の男の話をして、文句をいうのが鉄板だそうだ」

多分、あの育ちの良さそうな男の子は宮前《みやまえ》先生のことが好きなのだ。そしてその宮前《みやまえ》先生が、和服の男が腹立つ！　という話をするものだから、かわって成敗にきたのだろう。

「宮前《みやまえ》が少なからず俺に好意のようなものを抱いていることは知っている。でも、あいつが俺に『好き』といわないのは、俺にみゆきちゃんという彼女がいるからだ。遠野《とおの》に彼氏はいない。だから、福田《ふくだ》くんがあきらめる理由にはならない」

「そうじゃない」

宮前《みやまえ》さんが好意を伝えないのは桐島《きりしま》くんに彼女がいるからじゃない、と福田《ふくだ》くんはいう。

「今の五人の関係を壊したくないんだ。宮前《みやまえ》さんはこのあいだ交わした、十年後の約束を強く信じてるんだよ」

「つまり、福田《ふくだ》くんも俺たちの今の関係を大切にしたい。だから恋愛感情は持ち込まない、と」

「そういうこと」

恋か、友情か。

よくある一般的な命題だ。

「福田《ふくだ》くんの意思は尊重するが――」

居心地のいい場所を壊したくないという気持ちから、友情をとるという考えは理解できる。たしかに、グループ内で恋愛関係が生じて、告白してふられて気まずくなったり、うまくいったとしても後々別れて、みんなバラバラになるというパターンは想像できる。

でも――。

「俺は少し違和感がある」

「え？」

「友情が恋愛感情を持ち込んだことで壊れることがあるって、本当にそうなのか？　そんなわかりやすい二元論の、二者択一なのか？」

俺はこのグループが好きだから、この子のことを好きになっちゃいけないんだ。付き合っちゃいけないんだ。

映画やドラマだと、そういう芝居がよくされる。でもそれって本当なのか？　物語のために用意された、わかりやすい葛藤でしかないいんじゃないのか？

なんでも美しいものとして描かれる、自己陶酔的な物語のなかの純愛。

それと同じで、恋と友情の命題も、物語のためのありきたりな葛藤のパターンでしかないような気がする。

俺はそのことを、正直に福田《ふくだ》くんに話す。

「そのパターンに自分をはめることが正しいんだろうか。誰かと真剣に向き合う、自分の気持ちと向き合うっていうのは、そういうパターンにはめずに、よく考えるってことなんじゃないだろうか」

「桐島《きりしま》くん……」

「俺たちの関係は映画やドラマじゃない。はっきりいって、福田《ふくだ》くんの想《おも》いが成就《じょうじゅ》するかは俺にはわからない。でも、恋愛感情を持ち込むことと、友情が壊れるかどうかはまったく別の問題な気がする」

もちろん、うまくいかなかったときにパターンにはめて自暴自棄になってしまったらそうなる。でも、俺たちはパターンじゃない。

遠野《とおの》が、こういうことはあったけど気にしない、といったら？

福田《ふくだ》くんがふられても笑いとばすことができたら？

「俺たちは二時間の映画でもなければ、一冊の小説でもないんだ。ふられて、気まずくなったとしても、そこで終わりじゃない。エンドロールは流れない。大道寺《だいどうじ》さんは、『ふたりとも気にするな』っていうだろうし、俺や宮前《みやまえ》だってフォローする」

だから。

「友情のために恋愛感情を我慢しなくてはならない。そういう考え方をする必要はないんじゃないだろうか」

俺がいったところで、福田《ふくだ》くんが「ふふ」と笑う。

「おかしなことといってるかな？」

「いや、嬉《うれ》しいんだ」

福田《ふくだ》くんはいう。

「初めて桐島《きりしま》くんの魂を知れた気がする」

そこで今度は俺の竿《さお》がしなる。引っ張ってニジマスを水面まで近づけたところで、福田《ふくだ》くんがタモですくってくれる。川に落とした網に入れて、また仕掛けをつくって垂らす。

「桐島《きりしま》くんのいうとおりだ」

福田《ふくだ》くんは自分の竿《さお》に戻って、のんびりとかかるのを待ちながらいう。

「極端な考えは必要なかったね。遠野《とおの》さんに気持ちを伝えて、ダメだったら元に戻ればいいんだ。それができるかは、もちろん僕の努力次第だ」

そこで福田《ふくだ》くんは川の流れをみながら、照れくさそうにいう。

「遠野《とおの》さんのことが好きなんだ」

とても尊い感情だと思う。

「食いしん坊でコミカルなキャラだと桐島《きりしま》くんは思っているけど、素敵な人だよ」

福田《ふくだ》くんはバレーの試合の応援にいったりもしているらしい。

「凜《りん》とした眼差《まなざ》しで、高く跳ぶ。そのときの遠野《とおの》さんはとても鋭い。でもチームメートがミスをすると、あのやわらかい雰囲気に戻って、笑顔で励ますんだ。僕はそんな彼女を、とても美しいと思う」

そこから俺たちはしばらく黙った。

魚もかからず、ただ時間だけが流れた。

「もうすぐ宵山《よいやま》だね」

福田《ふくだ》くんがいう。

「ああ。楽しみだな」

「遠野《とおの》さんに、僕の気持ちを伝えてみようと思う」

「当日は、福田《ふくだ》くんが遠野《とおの》とふたりきりになれるようにするよ」

みんなでいく約束だが、しれっとはぐれたふりをして消えればいいのだ。

「宵山《よいやま》は雰囲気もあるからいいと思う。遠野《とおの》も浴衣《ゆかた》を買ったみたいだし、福田《ふくだ》くんも浴衣《ゆかた》で一緒に歩けばいい。なんならふたりで映《ば》える写真を撮るといい」

「そこなんだけど」

福田《ふくだ》くんは少し困った顔をする。

「僕は普通の服で参加するよ」

「……そのために福田《ふくだ》くんもバイトしてたんじゃないのか」

「うん。そうなんだけど、でも参考書を買って、弟に送ったんだ。僕が大学受験のとき、弟にはずいぶん家のことをしてもらった」

「そうか。遠野《とおの》は一緒に歩く相手が浴衣《ゆかた》じゃなくても、雰囲気がないとか思うタイプじゃない。まったく気にする必要はないが――」

そこで俺は釣《つ》り竿《ざお》を置き、自転車の前かごに入れていた紙袋をとって戻ってきて、それを福《ふく》田《だ》くんに手渡す。

「桐島《きりしま》くんは最初からこうなることを見越していたわけか。どうして呉服屋でバイトをしているのかと思っていたよ」

「現金だと福田《ふくだ》くんは受け取らないからな。デパートの催事場を閉じるとき、処分品を持って帰っていいといわれた。去年のモデルらしいが、柄の流行の話だから問題ないだろう」

俺が福田《ふくだ》くんに手渡したもの。

それは、男ものの浴衣《ゆかた》だった。

◇

そしておとずれた祇園祭《ぎおんまつり》の前夜祭、宵山《よいやま》。

俺は恋のアシストキングとして、完璧なラストパスを福田《ふくだ》くんに送るつもりだった。

夏の夜、浴衣《ゆかた》に身を包んだふたりがうちわを扇《あお》ぎながら一緒に歩く。そんな場面を演出するつもりだったのに——。

「桐島《きりしま》さん、待ってください！　どうしたっていうんですか！」

「俺についてくるな！」

遠野《とおの》と追いかけっこになってしまっていた。

祭《まつ》り囃子《ばやし》の音のなか、かき氷を片手に楽しそうに歩く人たちをかきわけ、歩行者天国となった四条通《しじょうどおり》を東から西に向かって走る。

壮観な山鉾《やまぼこ》が前から後ろに流れていく。郭巨山《かつきよやま》、月鉾《つきほこ》、函谷鉾《かんこほこ》、長刀鉾《なぎなたほこ》。

遠野《とおの》のほうが足は速い。普段であればすぐに追いつかれるところだ。しかし遠野《とおの》は慣れない浴衣《ゆかた》に下駄《げた》で、和装においては俺に一日《いちじつ》の長《ちょう》があった。

「なんで～⁉　なんで～⁉」

「いいから戻れ、遠野《とおの》～！」

なぜこんなことになったのか。

まず、日が落ちはじめたところで祭りに繰りだした。遠野《とおの》も宮前《みやまえ》も浴衣《ゆかた》を着て、かご付きのきんちゃくを手に持ち、ザ・日本の夏といった感じの風情《ふぜい》ある女の子になっていた。宮前《みやまえ》は向日葵《ひまわり》の柄の、明るい色調の浴衣《ゆかた》だった。

福田《ふくだ》くんも含め、三人が浴衣《ゆかた》だったが、俺と大道寺《だいどうじ》さんは着流しだった。大道寺《だいどうじ》さんはヤマメ荘伝統の着流しを俺に譲り渡したわけだが、普通の服に戻ってからもその着心地が忘れられず、密《ひそ》かに購入していたらしい。ちなみにそれを知った大道寺《だいどうじ》さんの彼女は、ひどく苦い顔をしたという。

いずれにせよ、そんな感じで五人そろって通りを歩いた。りんご飴《あめ》を食べたり、山鉾《やまぼこ》の前で映《ば》えな写真を撮ってSNSにあげたりした。

遠野《とおの》も宮前《みやまえ》も楽しそうだった。うちわで口元を隠しながらにっこりと笑う横顔、髪をあげてみえるうなじ、横に垂れた細い髪。

祭りの雰囲気にある程度酔ったところで、そろそろだと思った。

遠野《とおの》と福田《ふくだ》くんが山鉾《やまぼこ》を見上げている横で、俺は大道寺《だいどうじ》さんとうなずきあう。

「焼きそば買いにいこう」

そういって宮前《みやまえ》も連れてその場を離れようとした。しかし――。

「どこいくんですか？」

遠野《とおの》が気づいたのだ。

「焼きそばをちょっと……」

「え、食べます、私も買いにいきます！」

これでは作戦が失敗してしまう。やむなく俺たちは走りだした。

「宮前《みやまえ》、走るぞ！」

「なんで⁉　なんで⁉」

といいながらも、宮前《みやまえ》はついてきた。

困ったことに遠野《とおの》もついてくる。福田《ふくだ》くんと一緒に待っていろといっても、いうことをきかない。福田《ふくだ》くんには俺たちがいなくなったら、なかなか戻ってこないねえ、歩きつかれたから鴨川《かもがわ》沿いに座って待っていようか、といって誘いだす策をさずけていた。あの、カップルが等間隔に座っていることで有名な鴨川《かもがわ》沿いだ。祭りの夜ともなれば、なんでもござれの雰囲気で、恋に浮かれた空気がふたりを盛り上げてくれること請け合いだった。

「ここで遠野《とおの》をまくぞ」

交差点にきたところで、大道寺《だいどうじ》さんがいう。

「俺はまっすぐいく。桐島《きりしま》は左、宮前《みやまえ》は右だ！」

「どうやって落ち合いましょう？」

「馬頭琴《ばとうきん》を鳴らすからその音をたよりに集まろう。今宵《こよい》はよく響くだろう」

「このノリようわからんばい……」

首をかしげる宮前《みやまえ》。

「散！」

こうして俺たちは交差点で別れたのだが、遠野《とおの》が俺を追ってきたため、京の夜を舞台に、ふたりの大追いかけっこ大会がはじまったのだった。

姉、三、六角、蛸《たこ》、錦《にしき》。

烏丸《からすま》、室町《むろまち》、新町《しんまち》、西洞院《にしのとういん》。

碁盤の目を縦横無尽に駆け回る。

「早く戻れ、遠野《とおの》！　このままでは俺の完全京都計画《パーフェクトプラン》が台無しになってしまう！」

「なんですか、それ！」

「こっちの話だ！」

完全京都計画《パーフェクトプラン》とは、俺の大学卒業までの行動計画だ。

今、俺たち五人はとても仲良く、友情といえるものが発生している。そして恋愛面においては、俺と大道寺《だいどうじ》さんは彼女がいて安定している。残りの三人については、まず福田《ふくだ》くんの恋をアシストする。ここは本人の自由意志があるので、強制はできない。でも、できうる限りの助けをして、ダメだったときは気まずくならないようフォローする。

宮前《みやまえ》については多少、俺に懐《なつ》きすぎているところはあるが、彼氏をつくるという意識は持っているので、変な男に引っかからないよう手助けする。

ここでの俺の役回りは黒子《くろこ》であり、わき役だ。

でもみんなを幸せにするために動くことになるし、なにより火種はなく、誰を傷つけることもない。京都での生活を完全なものにするための計画だ。だから、なんとしてもやり遂げなければならない。

そんな断固たる決意のおかげか、だんだん遠野《とおの》の声が後ろになっていく。

遠野《とおの》のペースが落ちているのだ。

走り勝った。そう思って振り返ったところで――。

俺は追いつかれるまでもなく、自ら足を止めてしまう。

遠野《とおの》が……裸足《はだし》になっていたからだ。

たしかに途中から遠野《とおの》の声ばかりで、下駄《げた》の音がきこえなくなっていた。そしてこんなアスファルトの道を裸足《はだし》で走っていたら、とても痛いはずだ。

足の裏は、血がにじんでいるんじゃないか。

そう思うが、遠野《とおの》は目に涙をためながら、笑っていうのだ。

「えへへ……やっと追いつきました」

◇

遠野《とおの》をおんぶして歩いている。

俺よりも背が高いから、背負うときに思わず「おも――」といいかけたところで後頭部に頭突きをくらった。

そこからだいぶ歩いたところで、遠野《とおの》の下駄《げた》が落ちていた。かなり長い距離を裸足《はだし》で走ったみたいだった。俺はいったん遠野《とおの》を道の端っこに座らせると、薬局にいって消毒液と絆創膏《ばんそうこう》を買ってきた。

遠野《とおの》は足をさわられるのを恥ずかしがったが、最終的に足を差しだした。遠野《とおの》の白い足はとてもやわらかかった。そして足の裏には擦り傷がたくさんできてしまっていた。

「わるかったよ」

消毒して、血がにじんでいるところに絆創膏《ばんそうこう》を貼る。

「痛くて歩けないんで、おんぶしてください」

そういうので、また背負って歩く。

福田《ふくだ》くんたちはなにをしているだろうか。四条通《しじょうどおり》に集まっているかもしれない。なんて考えているとおもむろに遠野《とおの》が口をひらく。

「……焼きそば、買うんじゃなかったんですか？」

「……ああ」

遠野《とおの》は俺におぶさったまま、器用に手を伸ばし、露店の焼きそばを買い、背中で食べはじめた。

「桐島《きりしま》さんも食べます？」

後ろから箸で焼きそばを差しだしてくる遠野《とおの》。

「そこほっぺだけどな」

「どうぞ食べてください」

「だから、そこほっぺだって。怒ってる？　もしかして怒ってる？」

なんてやりとりも、焼きそばを食べたらそこで終わって、俺たちは黙ってしまう。

なにを話していいかわからず、なんとなく人の流れに沿って遠野《とおの》をおぶったまま歩く。

「あっちにいきましょう」

「祭りと反対だぞ」

「……いきましょう」

遠野《とおの》がそういうので、通りの中心から離れていく。

祭りの喧騒《けんそう》が遠くなる。

静かな夜道。

遠野《とおの》の温《ぬく》もりが、背中ごしに伝わってきた。彼女のやわらかい髪がゆれ、首すじにあたる。

夜のなかで、俺は遠野《とおの》の息づかいを感じつづけた。呼吸するたびに、かすかに上下する胸。

遠野《とおの》はたしかに生きていて、俺の背中にいる。その感情の輪郭を、俺はずっと感じていた。

そして、しばらくしたところで、いう。

「この先にはなにもないぞ」

「……五条大橋《ごじょうおおはし》があります」

「戻ろう。みんなが待ってる」

遠野《とおの》を地面におろす。遠野《とおの》は少しすねたような顔をしていたが、俺が歩きだすと、後ろからゆっくりとついてきた。

「足、痛くないか」

「絆創膏《ばんそうこう》貼ってもらったので」

きた道を戻る。

「福田《ふくだ》くんが試合の応援にきてくれるんだろう」

「はい」

「彼はいい男だ」

「そうですね。いい人だと思います」

遠野《とおの》はちゃんと歩けるようだった。

「福田《ふくだ》くんの実家は農家なんだ」

「ききました」

「彼がなぜ農学部を選んだか知ってるか」

「……今夜は暑いですね」

「両親の仕事を楽にするため、虫がつきにくくて、たくさん穂が実る稲を開発したいからだそうだ」

「鴨川《かもがわ》で少し涼んでから戻りましょうよ」

「あんな家族思いの男はなかなかいない」

「喉かわきました」

等間隔で歩きつづける俺たち。

ふたりの下駄《げた》の音。

「最近では、弟に参考書を買って送ってあげていた」

「桐島《きりしま》さん」

「家族だけじゃない。福田《ふくだ》くんは誰に対してもやさしいんだ」

「もう、しゃべらなくていいです」

「俺が風邪を引いていると、薬や氷枕を持ってきてくれる」

「少し、黙ってください」

「俺が他人にやさしくしよう、与えることのできる人になろうと思ったのは、福田《ふくだ》くんがいたからだ」

「そういうの、ホントいいですから」

「恋人にするなら福田《ふくだ》くんだろう」

そのときだった。

「もう！　桐島《きりしま》さんのバカ！」

背中に軽い衝撃が走る。

遠野《とおの》がきんちゃくを投げつけたのだ。

ふり返ると、遠野《とおの》が泣きそうな顔でこちらをみていた。

そして、きっ、と俺をにらみつけながらいう。


「私が桐島《きりしま》さんのこと好きって、ずっと知ってるくせに！」


そのとおりだった。俺は、ずっと知っていた。バレーの応援の日、帰りの電車で遠野《とおの》は俺にもたれかかって寝た。でもそれが狸寝入《たぬきねい》りで、緊張して顔が赤くなっているのにも気づいていた。他にも、そういう場面はたくさんある。でも――。

「俺、彼女いるし……」

「いませんよ！　橘《たちばな》みゆきなんて人、いません！」

遠野《とおの》が感情的になっていう。

「いや、ちゃんといる……」

「いたとしても、名前だけです！　ニセの彼女です！」

「四人で遊んだろ……」

「あの人は橘《たちばな》みゆきじゃありません、そもそも高校生ですらありません！　名前だけだった恋

人を、ホントにいるってみせかけるために、わざわざ用意した代役です！」

映《ば》えを求めて、四人でいろいろな場所をまわった。拝観料を払うお寺もあった。学割がきいたから、学生証をだした。そのときに、みてしまったのだという。

一緒に遊んだ背の低い女の子は——。

「浜波恵《はまなみめぐみ》さんです！」

第4・5話　再会

「おらぁぁぁぁぁぁぁっ！」

浜波《はまなみ》が吠《ほ》える。

「結局、バレてんじゃねえかあぁぁぁぁっ！」

午後、大学の学食でのことだ。浜波《はまなみ》の声で、コップの水が震えている。

「いや、学生証みられたの浜波《はまなみ》だし」

さらにデートのあと、遠野《とおの》はみゆきちゃんこと浜波《はまなみ》に連絡をとっていた。浜波《はまなみ》は遠野《とおの》のプレッシャーに負けてしまった。

「最終的に全部しゃべったのも浜波《はまなみ》だしな〜」

「え？　私のせいですか？　私のせいってことですか⁉」

「ちがうのか？」

「ちがうだろぉぉぉぉがよぉぉぉぉ！」

そのとおりだった。浜波《はまなみ》はまた巻き込まれただけだ。

「桐島《きりしま》先輩がいつものごとくニセ彼女とか小賢《こざか》しい策を張り巡らせるからこうなるんです！　なにも学んでない！　桐島《きりしま》先輩の計画って完全にフリになっちゃってるんですよ！　絶対失敗

するフリ！」

ていうか、と浜波《はまなみ》はつづける。

「遠野《とおの》さん、めちゃくちゃ桐島《きりしま》先輩のこと好きじゃないですか！」

「そうかな」

「そうです！」

全部しゃべらされるとき、相当恐《こわ》い思いをしたらしい。遠野《とおの》はたまに腕力に頼る、ワンパクな女の子なのだ。

「話がちがうんですよ！　女友だちが！　ちょっと自分のこと好きになりそうな気配があるから彼女いる感じにしてくれ、っていってましたよね⁉」

浜波《はまなみ》にはそのように頼んだ。恋愛のあれこれに発展する前に、彼女持ちってことにして波風立てずにあきらめてもらいたい、と。

「いや、私も嘘《うそ》つけ、って思いましたよ⁉　誰がお前のこと好きになるんじゃい、って。でも、ホントに、乙女チックに、好きでしたね。そして！　その『好き』はけっこう前からですよね⁉」

そうだ。

俺と遠野《とおの》が初めて会話をしたのは二回生になった四月、あのマージャン対決で遠野《とおの》が景品になったあと——ではない。

一回生の冬のことだ。

福田《ふくだ》くんに救われる前、まだ俺がアパートの一室ですり鉢状に積まれた本に囲まれながら干物になっていたころに、ある一件があって、遠野《とおの》から好意を感じるようになった。

「そこで彼女がいると嘘《うそ》をついたわけですか」

「ああ」

そのときはただ、名前だけでいいから彼女がいることにして、そういう感情を向けられないようにしようと思ったのだ。恋愛のあれこれから距離を置きたかった。そして遠野《とおの》に恋人の名前をきかれたとき、「橘《たちばな》――」と口にした。高校のときの記憶がよぎったのかもしれない。

文化祭以来、人にきかれたときは、そうこたえていたから。でも俺はその名前をいえなくて、咄嗟《とっさ》に、「橘《たちばな》みゆき」といいなおした。

「実在の人物を設定したのはよかったですね。嘘《うそ》のなかに真実を混ぜるとリアリティが増すといいますし」

「高校生というのもよかったんだ。全寮制で管理が厳しいといえば、全然会ってないことの言い訳にもなった」

けれど、いつまでもそれでだませるものじゃない。

福田《ふくだ》くんも遠野《とおの》が好きということがわかり、より積極的に遠野《とおの》の俺への好意をあきらめさせる必要が生じた。また、五人でしょっちゅう集まるようになり、恋人がいるというわりに、俺の周りにまったく恋人の気配がないことを察知されてしまう可能性もあった。

そこで考えたのが、遠野《とおの》と俺の恋人を会わせるという作戦だ。遠野《とおの》はいい子なので、一緒にデートすれば必ず仲良くなるだろうし、仲良くなった女の子の彼氏のことが好きなんて絶対ダメと思い、俺への感情をがんばって断ち切ろうとするのは目にみえていた。

問題なのは橘《たちばな》みゆきが名前だけの彼女で、本人と連絡もとっていないことだった。しかし幸いなことに、誰も橘《たちばな》みゆきの顔を知らない。替え玉は可能だし候補もいた。

俺の知り合いで、かつ遠野《とおの》たちが顔を知らず、高校生のふりをしても自然にみえる、大人びていない女の子。

「つまり、浜波《はまなみ》だ」

「ちきしょ～!!」

浜波《はまなみ》が悔しそうにテーブルを叩《たた》く。

二回生になったときから、見知った女の子が大学構内を歩いていることには気づいていた。

俺と同じ京都の大学に入学してきていたのだ。話しかけるつもりはなかった。高校のときに多少なりとも迷惑をかけた自覚はあった。しかし、こうなっては仕方ない。俺は満を持して、道を歩く浜波《はまなみ》の肩に、『やあ』と挨拶しながら手をかけた。

『ぴぎゃあぁぁぁぁあっ！』

時を越えた再会に、浜波《はまなみ》はたいそう感動してくれた。

「しかし、あんなに驚くことはなかったろ」

俺は常日頃からあの格好で堂々と大学を闊歩《かっぽ》している。

「俺が同じ大学にいることには気づいていると思っていたが」

「気づきませんよ！　前から着流し着た変人が歩いてきたら、目をあわせないように顔をそらすのが普通です！」

浜波《はまなみ》は当初、俺の頼みを全力で断っていた。しかし俺が誰とも恋愛する気持ちにはなれないのだというと、少し神妙な顔になって、そういうことでしたら女除けとして多少の働きはしましょう、と承諾してくれた。福田《ふくだ》くんには、同じ大学に浜波《はまなみ》がいることがバレる可能性があったが、特に問題はなかった。遠野《とおの》に対してだけ嘘《うそ》をつきとおせればよかったからだ。

四人のデートのとき、浜波《はまなみ》は古着系のオシャレで固めてきて、遠野《とおの》にかわいいかわいいと褒められていた。遠野《とおの》はお金がない高校生が古着を使って、センスでオシャレしてきたと思ったらしいが、あれは単純に浜波《はまなみ》がひとり暮らしでお金がなかったためであり、橘《たちばな》みゆきを知っていれば、彼女が古着を着るタイプでないことはわかっただろう。

「しかし京都で再会するとはな。吉見《よしみ》くんとはうまくいってるのか？」

「私たちは安定感ありますから、心配はご無用です」

浜波《はまなみ》は幼なじみの吉見《よしみ》くんと付き合っている。吉見《よしみ》くんは関東の大学に進学しているらしく、遠距離なわけだが、さすがに一緒に過ごした期間が長いので、特に問題はないという。

「私のことはいいんですよ」

「照れちゃって」

「それより、どうするつもりなんですか」

浜波《はまなみ》が机の下で俺の足のすねを蹴りながらいう。

「桐島《きりしま》先輩、みないふりしてますよね」

「なにを？」

「遠野《とおの》さんと宮前《みやまえ》さんについて私に話すとき、桐島《きりしま》先輩は彼女らがとてもコミカルな女の子であるように話します。でも実際、私が会ってみた印象では、ふたりともすごく魅力的な女の人です」

そうかもしれない。

俺は仲良し五人組という枠にしたくて、彼女たちをコミカルにトリミングして接しているところがある。それが正しいか正しくないかで語るのはよしておくとして、フラットではないと思う。バイアスをかけているし、そういうふうに曲解して自分をみられることは、誰しも望むことではないだろう。

「桐島《きりしま》先輩の気持ちはわかります。過去をふり返れば、自分は恋愛をしないというスタンスをとることはとても筋が通っているようにみえます」

しかし一方で、と浜波《はまなみ》はつづける。

「新しく誰かを好きになったとしても、人の感情としてとても自然なことだと思います」

もちろん、『世間』だとか『みんな』だとか、それを主語とするあの木村《きむら》のような人たちは、新たに人を好きになることについて、強く否定するだろう。

けれど、と浜波《はまなみ》はいう。

「少なくとも遠野《とおの》さんは、桐島《きりしま》先輩が前向きになることを望んでいるはずです。そのうえで自分の感情をちゃんと受け止めてほしい。そう、願っているのではないでしょうか」

第5話　帰郷

「全部、桐島《きりしま》がわるい」

宮前《みやまえ》がいう。国内線、飛行機のなかでのことだ。どうしても手伝ってほしいことがあるから二日間だけ空けてといわれ、気軽に返事をして連れていかれたところが空港だった。九州に向かっていた。旅費は宮前《みやまえ》が払ってくれるらしい。なんでも彼女の親族が、その『どうしても手伝ってほしいこと』のために、宮前《みやまえ》にお金を渡したらしかった。だから気兼ねなくピカピカの空港で美味《おい》しいものをいっぱい食べてから、飛行機に乗り込んだ。

「遠野《とおの》はずっと桐島《きりしま》のことしかみてなかったよ」

となりのシートに座る宮前《みやまえ》がいう。窓際《まどぎわ》で、ずっと外をみている。

「露出の高い格好をするのも、マージャンの見学にいくのも、全部、桐島《きりしま》がいるときだけだったでしょ」

俺は催事場のバイトから帰ってきたときのことを思いだす。あのとき、アパートの前で遠野《とおの》と福田《ふくだ》くんが話しているのをみた。たしかにあのとき、遠野《とおの》はタンクトップでもなくショートパンツでもなく、ジャージの上下だった。

「バレーの応援にみんなでいったときもそう。女バレ軍団はみんな福田《ふくだ》くんを囲んで、桐島《きりしま》にはなにもしなかった。あれ、遠野《とおの》の好きな男子にはちょっかいださないっていうチームの絆《きずな》でしょ」

女バレの友だちと、福田《ふくだ》くんの大学の友だちでお食事会があったことについても宮前《みやまえ》はいう。

「俺が呼ばれなかったやつだ」

「当たり前だよ。男女で食事とか、合コンみたいなもんじゃん。そこに好きな男連れていきたくなかったんでしょ」

「宮前《みやまえ》は、遠野《とおの》から相談を受けていたのか？」

「遠野《とおの》の恋をアシストするって約束してた」

ヤマメ荘に遠野《とおの》がくるとき、いつも宮前《みやまえ》が一緒にいたのはそういうことだったのだ。

「なるほど、宮前《みやまえ》自身は俺たちに興味はなかったと」

「ちょっと、そんなふうにいわないでよ」

宮前《みやまえ》がこっちに向きなおって、怒ったようにいう。

「最初がそうってだけで、今は一緒にいたいってホントに思ってるんだから。じゃなかったら一緒に飛行機に乗ったりしないんだから」

しかし、そこで宮前《みやまえ》の顔が真っ赤になる。

「なんか、今のなし！　私が桐島《きりしま》のこと好きな感じにみえそうだった！　勘ちがいしないで！」

忙しいやつだ。

宮前《みやまえ》は水を飲み、少し落ち着いてからいう。

「私は遠野《とおの》の恋を応援してるし、桐島《きりしま》の好きな浴衣《ゆかた》の柄だってちゃんと教えたんだから」

俺は催事場のバイトのとき、菖蒲《しょうぶ》の柄が好きだと宮前《みやまえ》にいった。

しかし宵山《よいやま》の日、宮前《みやまえ》は向日葵《ひまわり》の浴衣《ゆかた》を着ていて、菖蒲《しょうぶ》を着ていたのは遠野《とおの》だったのだ。

「遠野《とおの》は菖蒲《しょうぶ》柄《がら》の浴衣《ゆかた》を全部試着したよ。桐島《きりしま》がどう思うか、ずっと気にしてた。遠野《とおの》は桐《きり》島《しま》と一緒に宵山《よいやま》まわるのすごく楽しみにしてたんだから」

なのに、と宮前《みやまえ》は俺の足を踏みながらいう。

「福田《ふくだ》くんに押しつけようとするんだから、怒って当然だよ」

どうやら俺の動きはバレバレだったらしい。

「夜、遠野《とおの》がコンビニにくる時間も福田《ふくだ》くんに教えて、自分はいかなくなったでしょ」

「ああ」

「あれ、桐島《きりしま》が遠野《とおの》と会ってたの、偶然じゃないから。桐島《きりしま》が立ち読みにいく時間を狙って、遠野《とおの》が桐島《きりしま》に会いにいってたんだから」

帰りに一緒に夜道を歩く。ただそれだけのことを楽しみにしていたらしい。

「そうだったのか。プロテインバーを買ってたから、てっきり習慣かと……」

遠野《とおの》は強化指定選手で、そのくらいになるとメーカーからプロテインがいくらでも送られてくるらしい。では、遠野《とおの》が余分に買っていたあのプロテインバーはどこにいっていたのかというと――。

「全部、私が食べてたんだからね！」

桜ハイツの一室、遠野《とおの》に押しつけられたプロテインバーをひとりもぐもぐ食べつづける宮前《みやまえ》を想像する。シュールだ。

「申し訳ない」

「冗談はさておき」

宮前《みやまえ》はいつになく神妙な顔つきになっていう。

「遠野《とおの》、少しかわいそうだったよ。ずっと自分の気持ちをスルーされて、その人から他の人を好きになるよう誘導されてさ。あの子は前向きだから顔にださないけど、私だったら、怒ったり泣いてたりしてていたと思う」

それをいわれると、俺もつらい。

遠野《とおの》も、怒って、泣いてしまったからだ。

宵山《よいやま》の夜を思いだす。

私が桐島《きりしま》さんのこと好きって、ずっと知ってるくせに！

あのあと、遠野《とおの》はいったのだ。

『桐島《きりしま》さんは嘘《うそ》つきです！』

洟《はな》をすすって、涙をこらえていた。

『なにが与える人になりたい、ですか。私がホントに欲しいもの、なにも与えてくれないじゃないですか！　桐島《きりしま》さんなんか、ただのくされ馬頭琴《ばとうきん》野郎です！』

『俺のは胡弓《こきゅう》だ』

『どっちでもいいですよ！』

結局、涙をこらえきれなくて、うわ～んと泣きながらひとりで帰ってしまった。俺には彼女を慰めることができなかった。遠野《とおの》が望むことはその背中を追いかけて、手をつないで、謝って、ふたりでわたあめでも食べながら京の街を歩くことだった。でも俺自身がそれをしたいのか、していいのか、本当にわからなかったのだ。

だからただ、背中を見送ってしまった。その浴衣《ゆかた》は時間をかけてこの日のために選んだものだったのだ。遠野《とおの》を背負って歩いたときに、彼女が少しでも幸せを感じてくれていればいいのだけど、そんなことを考える俺はずいぶん臆病で卑怯《ひきょう》なようにも感じる。

遠野《とおの》はあの日以来、ヤマメ荘にこなくなった。俺の顔をみたくないのかもしれない。

さらには桜ハイツにも戻らず、友だちの家を泊まり歩いているらしかった。

「私は遠野《とおの》とも、桐島《きりしま》とも友だちだからさ」

宮前《みやまえ》はシートに深く身を沈めながらいう。

「どっちの味方もしすぎないつもりだけど、桐島《きりしま》にはもうちょっと遠野《とおの》の気持ちを考えてあげてほしいなって思うよ」

◇

福岡空港に着いたのは昼過ぎだった。

九州にくるのは初めてで、なんだか不思議な感覚だった。東京とも京都ともちがう、独特の空気があった。

「とんこつの匂いがするっていいたいの？」

「いや、もっと良《い》い意味で――」

「桐島《きりしま》、博多《はかた》の民を全員敵にまわしたからね」

俺がいいたかったのは、人のいる間隔とか、歩くペースがちがうとか、そういう感覚的なものだった。もちろん店に置いてるものや雰囲気などの文化的なちがいもある。いずれにせよこういう細かい部分の差が、土地のリズムというのを生みだしているように感じたのだ。

そして、宮前《みやまえ》はこの土地で幼少期から思春期までを過ごしたのだ。

俺の知らない土地で、知らないリズムで育った宮前《みやまえ》。福岡にきて、そういったことがリアルに感じられて、なんだか不思議な気持ちになる。

空港から西鉄《にしてつ》に乗り、久留米《くるめ》方面へと向かう。

電車のシートが広く、とても乗り心地がいい。

「宮前《みやまえ》はこの電車に乗ってたんだな」

「高校生のとき、博多《はかた》に遊びにいくときにいつも使ってたよ」

列車が鉄橋にさしかかる。川幅が広い。車窓からみえる風景はどこまでも見渡せて、雄大だった。

「田舎って思ったでしょ」

「まさか。俺が高校のときにみていた景色より空が広いなあって思っただけだよ」

「絶対バカにした」

「宮前《みやまえ》、将来上京しても目をまわすなよ」

「桐島《きりしま》キライ！」

久留米《くるめ》を通過して最寄り駅に着く。俺たち以外に降りる人はいなかった。そもそも電車にはとんど人が乗っていなかった。そこからはバスに乗って、宮前《みやまえ》の実家に向かった。

バス停で降りて、畑と石垣のある坂道を歩く。

夏の日差しが宮前《みやまえ》の金色の髪を輝かせる。爽やかな白いワンピースが、青い空にとてもよく似合っていた。

「ここが私の家」

平屋の日本家屋だった。いわゆる古民家というやつだ。

「まあ、遠慮せず入ってよ」

とても広い家だった。

畳の部屋が、襖《ふすま》で区切られている。縁側からは、よく手入れされた庭の緑がみえた。とりあえず、囲炉裏のある部屋に案内されて、荷物を置く。

「お茶入れるから、待ってて」

宮前《みやまえ》はそういって、台所へといき、ひとり、部屋に残される。祖母に育てられたときいていたが、今は誰もいないようだった。

ふと、細かく傷のつけられた柱に目がいく。近づいて、しゃがみ込んでみてみれば、傷とともに小さな字が書き込まれていた。

しおり、五歳。しおり、六歳。しおり、七歳。しおり――。

宮前《みやまえ》の成長の記録だった。

「おばあちゃんが毎年誕生日につけてくれたんだ」

お盆にお茶をのせて、宮前《みやまえ》が戻ってくる。

「なんか、不思議。私の家に桐島《きりしま》がいるんだもん。思い出のなかに入ってきたみたい」

宮前《みやまえ》はそんなことをいって笑うのだった。

それから俺たちはお茶を飲んだり、エアコンをつけた部屋で畳の上をごろごろと転がったりして過ごした。

そして今、縁側で足をぶらぶらさせながら、ふたりならんでパピコを食べている。

少年少女、という感じだ。庭では蟬《せみ》がせわしなく鳴いている。

「なんか、ダラダラしちゃってるけどいいのか？　どうしても手伝ってほしいことがあるんだろ？」

「うん。明日だから。今日はゆっくりしててよ」

宮前《みやまえ》の肩が、俺の肩にあたっている。

距離感が近い。空港を歩いているときもそうだった。体と体があたり、今にも腕を組みそうな勢いだった。

宮前《みやまえ》の横顔をみる。

意識してみれば、宮前《みやまえ》は本当に、文句のつけようのない美人だった。すっきりとした目鼻立ちに白い肌、青みがかった瞳と、金色の髪。ワンピースから少しのぞく胸のふくらみは、とても魅力的といえるものだ。

俺はこういうのを全部みないようにして、遠野《とおの》も宮前《みやまえ》も本当はすごく素敵な女の子なのに、面白い女の子みたいに扱ってきた。

自分がそうしてしまう理由もわかっているし、それでいいと思っていた。

五人で仲間みたいになって、心地よかった。

でもそれは、俺の自己満足だったのかもしれない。

実際、遠野《とおの》は俺が勝手につくりあげた遠野《とおの》像《ぞう》を拒否した。遠野《とおの》はいっているのだ。私の気持ちと、本当の私と、ちゃんと向き合ってほしい、と。

ここで、ひとつの命題が持ち上がる。

桐島司郎《きりしましろう》はまた恋愛ができるのか、誰かを好きになれるのか。

例えば、宮前《みやまえ》を好きになることができるだろうか。抱きしめることができるだろうか。

フラットに考えれば、できてしかるべきだ。宮前《みやまえ》とこういう状況になったら、普通の男なら喜んで彼女にふれるだろう。

「な、なによ。私の顔じっとみて」

俺の視線に気づいた宮前《みやまえ》がいう。

「桐島《きりしま》、みすぎ！」

顔を赤くする宮前《みやまえ》。

そこから俺たちは少し黙って、なんだかしっとりした雰囲気になってしまう。そうだ。俺はこういう感じにならないようおちゃらけて、様々なことから目をそむけてきたのだ。

自転車の乗り方を教えて以来、宮前《みやまえ》が俺にある種の好意を抱いていることは知っている。

そして今、俺たちは旅行をしていて、ふたりきりになっている。普通の大学生の男であれば、これからの展開を想像するだろう。

宮前《みやまえ》にさわったとしても、自然なはずだ。特に、向こうからくっついてきているのだ。相手が宮前《みやまえ》なら、他に好きな子がいるのに乗り換える男がいたっておかしくない。

俺のなかに恋愛感情は残っているのだろうか。それとも消失したのか。もしくは残っているにもかかわらず、自分が大きく変わったようにみせるため、劣情めいたものを不自然にトリミングしているのだろうか。

それをたしかめるため、宮前《みやまえ》を抱きしめてみたい、という気持ちになる。あのころのような感情が自分に残っているのかどうか。

そんな考えが伝わったのかもしれない。

「私は……いいよ」

宮前《みやまえ》の左手がおそるおそる近づいてきて、縁側についた俺の右手に重なろうとする。

そうだ。俺たちはもう大学生で、こういうことを気軽にしたっていいはずだ。むしろこの状況でなんにもないことのほうが不自然なくらいだ。

しかし直前で――。

「やっぱりダメ！」

そういって、宮前《みやまえ》は俺から離れる。

「桐島《きりしま》、今、私の手さわろうとしたでしょ！」

「え？」

「空港歩いてるときから、ずっと私にくっつこうとしてたし！」

「俺が？」

「桐島《きりしま》、わるい男だね」

「すごい角度で濡《ぬ》れ衣着《ぎぬ》せてくるよなあ」

「桐島《きりしま》は遠野《とおの》のことをちゃんと考えてあげてよ！」

宮前《みやまえ》にもいろいろと葛藤があるらしかった。

「私は桐島《きりしま》のこと全然好きじゃないし……友だちとしては好きだけど、それだけだし……別のところで彼氏つくるんだから……」

宮前《みやまえ》の声は途中からか細くなって、最後は消え入るようだった。

その横顔は少し寂しそうだ。

「……変な男に引っかかるなよ」

俺がいえるのはそれだけだった。

「わかってるよ。今度はあせらないで、ちゃんと友だちになってから、相手のことよくわかったうえで考えることにする」

まずはお友だちから、というやつだ。いきなり恋人になるよりも相手を見定める時間が長いから、安全な方法といえる。

「でも宮前《みやまえ》、友だちのつくりかたわかんないだろ」

「うん。だから大道寺《だいどうじ》さんに相談したら、これくれた」

宮前《みやまえ》がどこからともなく、一冊の大学ノートをとりだしていう。

「イヤな予感がするが、それなに？」

「友だちノート。ヤマメ荘に住んでた人がつくったんだって。友だち百人つくるための極意が書かれてるらしいよ」

「わけわかんないタイミングでわけわかんないもんだしてきたな！」

宮前《みやまえ》が大道寺《だいどうじ》さんから伝えきいた話はこうだ。

かつてヤマメ荘にひとりの新入生が引っ越してきた。彼は高校生のころ勉強ばかりしていたため、友だちがいなかった。大学では友だち百人つくりたい。そう思い立った彼は、友だちという概念について深く考え、長い月日をかけて研究に研究を重ね、友だちをつくるためのハウトゥーを記したこのノートを完成させたのだった。

俺は思う。

友だちが欲しかったのなら、研究の前にもっと簡単にできることがいっぱいあっただろ。

「なんでもこのノートをつくった人――」

「IQ180だろ」

「なんでわかるの⁉」

「そんなこったろうと思ったよ」

東に恋愛ノートあれば西に友だちノートあり、といったところか。

「このノートに友だちをつくるためのゲームが収録されててさ。一緒にやれば、どんな人とも一発で親友になれるんだって」

「宮前《みやまえ》、落ち着いてきいてくれ。俺にはわかるんだ。そのノートは多分、ろくでもない」

「桐島《きりしま》、一緒にやってみようよ」

「ダメだ。もっと他の方法を考えよう。相談なら乗るから、な？」

「どれにしようかな〜」

「宮前《みやまえ》、わかったら今すぐそのノートをこっちによこすんだ」

「これやったら、私と桐島《きりしま》も、もっと親しくなれるよね？」

「話きいてる？」

それでも俺がしぶっていると、宮前《みやまえ》はだんだんしょんぼりしていく。

「じゃあ、もういいよ」

そういって、ノートを持ったまま、どこかへいこうとする。

「桐島《きりしま》は私のことなんてどうでもいいんだね」

横顔が哀《かな》しそうで、俺は胸が痛い。せっかく宮前《みやまえ》が俺以外の友だちをつくろうと前向きになっているのだ。ここは乗ってあげるのが人情というものではないだろうか。

そう思うと、体が勝手に宮前《みやまえ》の前に躍りでていた。

「ちょ、待てよ！」

そして、宮前《みやまえ》が開けたスーツケースに目をやる。そこには幼稚園児がよく着る水色の上着と茶色の半ズボン、黄色い帽子とカバンがのぞいている。

「あれは……」

「大道寺《だいどうじ》さんが友だちゲーム用に持たせてくれた」

なんてものを、と思うがここまできたら仕方ない。俺は勢いにまかせて、幼稚園児スタイルに着替える。しっかり大人サイズ。

「あはっ」

宮前《みやまえ》が表情を崩して笑う。

「桐島《きりしま》、ノリノリだね」

宮前《みやまえ》はずっと友だちができなくて、寂しい思いをしてきたのだ。友だちノートに効果があるのかはわからないが、もしかしたら実用性があって、彼女の友だちづくりがはかどるかもしれない。であれば――。

「試しにやってみるだけだからな」

「うん！」

宮前《みやまえ》は嬉《うれ》しそうにうなずくと、となりの部屋で着替えて戻ってくる。俺とは色ちがいで上着はピンク色、そして下は茶色のスカート、帽子とカバンは同じ黄色。

帽子を深くかぶって照れた顔を隠す宮前《みやまえ》はなんだか、かわいらしい。そして俺のビジュアルについてはなにもいうまい。

それでは満を持して――。

「やってみるか」

「やってみよう！」

そういう流れになった。

◇

『大学生園児』

それが俺たちのやる友だちゲームのタイトルだった。

友だちノートの作者は、友だちの絆《きずな》は経験の共有によって形づくられるという仮説を説いていた。友だちについて話をするとき、その関係が小学生からなのか、中学生からなのか、期間の長さで語られることが多い。これは、長い時間を一緒に過ごすことが関係の深さにつながると多くの人が考えているからだ。それは竹馬《ちくば》の友《とも》という表現からもわかる。

大学生園児は、大学生になってから出会ったふたりが、幼稚園のころからの友だちになるためのゲームだった。

作者の考えはシンプルだ。

幼児期にすることを一緒に追体験して、共通の疑似記憶をつくりだせば、小さいころからの友だちと同じ関係性になる。よって、俺と宮前《みやまえ》は園児の格好をして、ノートに記された園児プログラムを実行するのだった。

「きーくん、きーくん」

宮前《みやまえ》が呼びかけてくる。

宮前《みやまえ》は竹馬に乗っていた。庭がとても広いので、のびのびと遊ぶことができる。

「はやくおいでよ〜」

俺も竹馬に乗り、えっちらおっちら歩きだす。

「きーくん、こっちだよ！」

宮前《みやまえ》は竹馬が得意なようだった。器用に乗りこなし、庭のなかをくるくると円を描いてまわる。俺はその背中を追いかける。

「みーちゃん、まってよ〜」

「こっちこっち」

みーちゃんはいたずらっぽくわらいます。ぼくはそんなみーちゃんにおいつきたくて、いっしょうけんめいたけうまをうごかすんだけど、あんまりうまくないから、ずてっとこけてしまいます。

ひざをすりむいてしまって、ちがいっぱいでて、とてもいたいです。

「うわ〜ん、いたいよ〜！」

「きーくん、だいじょうぶ⁉」

みーちゃんがかけよってきてくれます。そして、「ちょっとまってて」といっていえのなかにはいって、きゅーきゅーばこをとってもどってきます。

「ばんそーこーはるからね、ないちゃだめだよ」

「うん！」

みーちゃんのえがおはきらきらしていて、それをみているとぼくはなんだかあったかいきもちになって、いたいのなんかどこかにとんでいくのでした。

それからぼくとみーちゃんはいろいろなあそびをしました。おにごっこ、だるまさんがころんだ、おしくらまんじゅう、てをつないだままぐるぐるまわってはじけとんでわらったりしました。

ぼくがどんくさくても、みーちゃんはたのしそうでした。ようちえんでのぼくはおおなわとびがとべなくて、みんなが、がっかりしたかおをしてました。だからぼくはいつもくるしかったです。でも、みーちゃんはそんなぼくといっしょにいてもわらってくれます。

「いっしょにあそんでくれるだけで、わたしはうれしいんだよ！」

そういってわらってくれて、みーちゃんはとてもやさしい。ぼくはみーちゃんがすてきなおんなのこだとおもう。

「きーくん、わたしたち、ずっとともだちだよね！」

「うん！」

「やくそくだよ！　ゆびきりげんまん！」

九州にきて、宮前《みやまえ》はこの土地で育ったんだなあとか、柱につけられた身長の傷をみて、宮前《みやまえ》の小さかったころを想像したりしていた。

そんなイメージのなかの宮前《みやまえ》が目の前にあらわれたようだった。宮前《みやまえ》はかつて、こんな感じの女の子だったのだ。俺も童心に返ったような気持ちになる。

俺の知らない土地で、俺の知らない時間を過ごしてきた女の子。

どんな感じだったのか、知りたくなることってある。それを知ることができて、もし一緒に過ごしていたらこうだったかもしれない、みたいな『ｉｆ』が実現していた。

大学生の男と女が、きーくん、みーちゃんといいながら園児の格好をしているのは地獄絵図でしかないが、その点に目をつむれば、とてもノスタルジックないい遊びだった。

友だちノートの作者は恋愛ノートの作者とちがって、とても真面目で、誠実で、純真無垢《むく》だったのかもしれない。なんて考えていたが、しかし——。

「きーくん、どこ～？」

「おにさんこちら、てのなるほうへ！」

目隠し鬼をしているときに気づく。

最初の竹馬以外、鬼ごっこも、おしくらまんじゅうも、その他も全部、身体的接触のある遊びばかりだ。この大学生園児、もしかして――。

なんて思っているうちに、目隠しをしている宮前《みやまえ》が、物干し台に向かって歩き、ぶつかりそうになる。

俺は咄嗟《とっさ》に宮前《みやまえ》を抱きとめていた。

「桐島《きりしま》……つかまえた……」

「あぁ……」

宮前《みやまえ》がしがみついてくる。数年ぶりに、女の子の体にふれた。服ごしに、宮前《みやまえ》の体の輪郭と、感触が伝わってくる。園児の格好をしているが、手足は長く、ちゃんと大人だった。

目隠しをした宮前《みやまえ》、その白い頰が、ほんのりと赤くなっている。

静止した時間。

ひぐらしが、鳴いている。

宮前《みやまえ》の細い腕が俺の背中にまわる。俺はこの感じを知っている。相手に受け入れられている、望まれているという感覚。ひどく心地いい。

しばらく、そうしていた。やがて――。

「桐島《きりしま》、ダメだよ……私たち、友だちだもん……」

そういって宮前《みやまえ》が体を離す。目隠しを外したあとも、目を伏せている。

「この辺で、やめとくか？」

俺がきくと、宮前《みやまえ》は首を横にふった。

「……ううん、やる。もっと……仲良くなろうよ」

ノートに記された次の遊びは、指ずもうだった。

縁側にならんで腰かけ、手を握り、指をひっかけあう。

宮前《みやまえ》は目を伏せて、ずっと恥ずかしそうにしている。指ずもうといえばかわいらしいが、やっていることは、指と指をからませあう遊びだ。

白く、きれいな指だった。俺はその指をからめとっていく。

「桐島《きりしま》、ダメ……そんなに強くされたら……あっ……やっ……負けちゃう……」

宮前《みやまえ》はむしろ、積極的に負けにいっているようにさえみえた。

視線を移せば、彼女の長く白い足がスカートからのびている。スカートの丈が短いため、太ももからつま先まで、きれいに露出していた。

指や足をみているうちに、宮前《みやまえ》の体が俺のなかではっきりと形づくられていく。もう彼女は、五人のなかのひとりじゃなかった。俺が勝手にそうあってほしいと望んでつくりあげた、少しポンコツで面白い女の子ではなかった。

宮前《みやまえ》しおりという、きれいで、俺に好意を持つ女の子だった。俺の太ももへの視線に気づくと、スカートを引っ張って隠そうとして、でも全然隠せなくて、ただただ恥じらいの表情を浮かべている。

「桐島《きりしま》……」

宮前《みやまえ》が濡《ぬ》れた瞳で俺をみあげてくる。

「お昼寝……」

「……そうだな。そろそろお昼寝の時間だな」

俺たちは部屋に入り、畳の上に一枚だけ布団《ふとん》を敷き、そこにあおむけになって寝る。

タオルケットも一枚だけで、それをわけあってかぶる。肩と肩がふれあうかどうかの距離感のまま、しばらく目を閉じて、深く呼吸をする。でも――。

「桐島《きりしま》……眠れないよ……」

「しゃべってると園長先生に怒られるぞ」

「じゃあ、布団《ふとん》かぶって、そのなかで遊ぼうよ」

そういうので、俺たちは頭からつま先まですっぽりとタオルケットのなかに入る。宮前《みやまえ》の顔が間近にある。整った女の人の顔が近いと緊張するものだが、宮前《みやまえ》のほうが頬を赤くして余裕をなくしているものだから、それをみていると少しいじわるしたくなる。

宮前《みやまえ》には相手をそうさせるなにかがあるのかもしれない。

「なにして遊ぶ？」

「いろ鬼。園長先生に怒られないように、布団《ふとん》のなかだけでしようよ」

「いいよ」

いろ鬼とは、指定した色をさわらないとダメという、あの遊びだ。ふたりしかいないので、どちらかが指定した色を、もう片方がみつけてさわるというルールで遊ぶことになった。

「白」

俺がいって、宮前《みやまえ》がシーツをさわる。

「黄色」

宮前《みやまえ》がいって、俺は頭からかぶっているタオルケットをさわる。もちろん、このいろ鬼はこういうことをするためじゃない。俺たちは目隠し鬼のところから、互いの体を完全に意識してしまっている。だから――。

「水色」

俺が自分の上着の色をいったところで、宮前《みやまえ》が顔を真っ赤にする。そして少しもじもじしたあと、意を決して俺に抱きついてきた。

「は、恥ずかしい……」

そういって俺の胸に顔をうずめる。熱い吐息があたる。そして、そのままの体勢で、宮前《みやまえ》がボソッという。

「……ピンク」

俺は宮前《みやまえ》を抱きしめる。宮前《みやまえ》は強く俺にしがみついてくる。

しばらく、そのまま抱きあっていた。タオルケットのなか、互いの息づかいと体温を感じる。

やがて、宮前《みやまえ》が小さな声でいう。

「……金色」

いわれて、俺は宮前《みやまえ》の髪をなでる。すると宮前《みやまえ》は本当に幼稚園児になったかのような甘えきった顔になって、何度もいう。

「……金色ぉ……金色ぉ……」

宮前《みやまえ》の頭をなでつづけた。なでるたびに、宮前《みやまえ》はとろとろに溶けて、理性をなくしていった。

でも――。

「こんなのダメだよ……私、遠野《とおの》の友だちだもん……桐島《きりしま》とこんなことしたら、遠野《とおの》にわるいよ……手伝うって約束したもん……約束したんだもん……」

そんなことを繰り返す。

「ねえ、桐島《きりしま》はなんで彼女がいるなんて嘘《うそ》ついたりしたの？　なんでそんなことして遠野《とおの》を遠ざけようとしたの？　遠野《とおの》に好かれたい男なんていっぱいいるよ？」

「それは――」

俺は少しだけ真実を話した。過去、ひどい恋愛をしてしまったこと。そして今、誰かを好きになれるのか、好きになっていいのかわからないこと。

それをきいて、宮前《みやまえ》はいう。

「だったらさ、私で……試してみればいいよ」

「試す？」

「私、桐島《きりしま》が無理やり感情を抑え込んでるだけだと思う。不自然だよ、そんなに恋愛のこと拒否するの」

だから、と宮前《みやまえ》はつづける。

「私で試そうよ。女の子のこと、好きになれるかどうか。多分、なれると思う」

そういって、宮前《みやまえ》はさらに俺にくっつき、顔を赤くしながら足をかけてくる。

「ただのゲームだから。別に誰も裏切ったりしてないから。ここだけの話だから。だから、幼稚園児の私にいっぱいイタズラして、試してみてよ」

後半はなんかちがうだろ、と思う前に宮前《みやまえ》がいう。

「肌色」

いわれて、俺は宮前《みやまえ》の頬をさわる。湿った吐息。宮前《みやまえ》はもう一度、肌色という。もう一度頬をさわるが、そこはもうダメといわれる。だから首すじをさわる。宮前《みやまえ》は何度も肌色という。俺は手をさわり、足をさわり、服をめくってお腹《なか》をさわり、太ももをさわり、だんだんとさわるところがなくなってきて、内ももをさわる。なめらかな肌と、やわらかい感触。

そのころにはもう、宮前《みやまえ》の体は熱く湿っていて、タオルケットのなかの熱気もすごい。

「……ピンク」

俺はまた、宮前《みやまえ》の体を抱きしめる。

そして、宮前《みやまえ》のいうとおりだった。

俺はあんなことがあったのに、あんなに恋愛を拒否しようと思っていたのに、こうやって宮《みや》前《まえ》と抱きあうだけで、どうしようもなく気持ちいいと感じてしまっていた。

誰かと抱きあうことはこんなにも素晴らしくて、誰かに好意を抱かれるのはやはり素敵なことだった。

俺は肌の温《ぬく》もりを知っていて、心の奥底ではそれを求めている。なのに、その感情を無理やり押し込めていた。多分、人は誰しもが好きになりたいし、好かれたい。

欺瞞《ぎまん》を、暴かれたような気持ちだった。

「ありがとう、宮前《みやまえ》、そろそろ終わりに……」

しかし。

「グレー……」

宮前《みやまえ》は理性のなくなった、とろんとした目でうわごとのようにいう。

ぱっとみただけでは、タオルケットのなかにその色はない。けれど、宮前《みやまえ》の体をあちこちさわっていた俺はその色がどこにあるのか知っている。

「いや、さすがにそれは」

「グレー……」

俺がさわりまくったせいで、宮前《みやまえ》は乱れに乱れ、完全にできあがっている。

「いろ鬼してるだけだよ。なにも変なことしてるわけじゃないよ。幼稚園児として、遊んでるだけだよ」

ここはもう、やらないと引っ込みがつかない場面のようだった。

「いいのか？」

俺がきくと、宮前《みやまえ》は横を向いて枕に顔を半分埋めながら、うなずく。

宮前《みやまえ》は見た目に反して、ウブな女の子だ。逆にここで踏み込んでいけば、そろそろ逃げだすような気がした。だから――。

俺は宮前《みやまえ》の服のなかに手を入れて、そのグレーの布をさわる。

「あっ……やっ……桐島《きりしま》ぁ……桐島《きりしま》ぁ……桐島《きりしま》ぁ……」

「やっぱ……ダメだよ……うちら友だちだもん……それに……こんな格好恥ずかしいよぉ」

「どうしよぉ……遠野《とおの》にわるいよぉ……こんなの、遠野《とおの》に……」

「桐島《きりしま》ぁ……好き……あっ……それ、好きぃ……桐島《きりしま》ぁ……うち、あんたのこと好いとーよ。

だから、ホントは彼女になりたかよ……あっ……もっと、もっとぉ……」

◇

青い空の下、庭の物干《ものほ》し竿《ざお》に白いシーツが干され、風にはためいている。

俺たちは縁側に座って、それを眺めていた。爽やかな光景。脱力した宮前《みやまえ》が、肩にもたれかかっている。

「さっきあったこと、誰にもいっちゃダメだからね……」

「ああ」

俺たちは痛烈に反省していた。

友だちノートの作者にまんまとのせられてしまったかたちだ。あれは明らかに、友だちという名のもとに女子とイチャイチャしたいという作者の欲求がダダ洩《も》れだった。男のいう、『女友だち欲しい』という言葉を真に受けてはいけない。

「友だちゲーム、他の人とやるのはよしたほうがいい気がするな」

「ノートはもう封印する」

宮前《みやまえ》はまだ力が入らないみたいで、だらっとした雰囲気だ。

「でも、桐島《きりしま》は途中でやめちゃったよね。男の人って、みんな、したいものだって思ってた」

「まあな」

「なんで？　私じゃ魅力なかった？」

「そういうわけじゃないんだ」

むしろ魅力的だった。俺は宮前《みやまえ》の指先にふれ、体の輪郭を感じ、抱きあって、自分がみないようにしていたことに気づかされた。ただ――。

「俺はできないんだ。そういう体になってしまったんだ」

高校二年のあのときから、そういうものを強く拒絶して生きてきた。

「俺は、ひとりでイタすこともしない」

「え？」

「もう二年以上になる」

「ええ〜〜〜〜!?」

宮前《みやまえ》が顔を真っ赤にする。

「なんか、逆にえっちぃばい！」

「逆に!?」

「だってそれ、ずっとため、ためてるってことだもん……桐島《きりしま》、一体なに目指してるの……」

「俺にもわからん」

いずれにせよ、長い禁欲生活のせいか、俺の体はそういうことに反応しなくなっているようだった。

「まあ、いいよ」

宮前《みやまえ》は頰を赤くしたままいう。

「おかげで遠野《とおの》のこと裏切らずにすんだし……」

大学生ともなれば、恋人関係じゃなかったとしても、もっとカジュアルに男女でいろいろなことをするケースもあるだろう。でも宮前《みやまえ》はそういうタイプじゃないみたいだった。

「私はね、みんなと友だちになれて本当に嬉《うれ》しかったんだ。だからこの関係を壊したくないし、桐島《きりしま》とふたりで旅行するのも、こんなことするのもこれで終わりにする」

友だちのほうがずっと一緒にいれる気がするし、なんていいながら、宮前《みやまえ》は俺に寄りかかってくる。

「明日だけお願いきいてもらって、そしたらもう普通の友だちで、それで十年後はみんなで一緒に種子島《たねがしま》にいく」

「明日、俺はなにをすればいいんだ？」

「これが最後のお願いだからさ」

宮前《みやまえ》はそう前置きしてからいった。

「一日だけ、彼氏になってよ」

◇

翌朝、バスを乗り継いで連れていかれたのは病院だった。看護師さんに案内されて個室に入ってみれば、上品な年配の女の人が、ベッドで体を起こして俺たちを待っていた。

宮前《みやまえ》のおばあちゃんだ。宮前《みやまえ》の両親は宮前《みやまえ》がまだ幼いころに亡《な》くなっていて、このおばあちゃんがひとりで宮前《みやまえ》を育てたのだ。

「よくきたわねえ」

名前を由香里《ゆかり》さんといった。

「話はきいているわ」

由香里《ゆかり》さんは標準語で、とても愛想《あいそ》がよかった。和菓子店をやっているとのことだが、昔は東京にも店舗を持っていたらしい。

「桐島《きりしま》さん、あなた、とってもいい着流しを着ていらっしゃるのね」

「おばあちゃん、褒めなくていいよ。すぐ調子に乗るから」

「しおりはわがままだから手がかかるでしょう」

「むしろ私が世話してるよ」

「ホントにわんぱくだったのよ。小学生のころ、ジャングルジムで——」

「その話はやめて〜〜!!」

由香里《ゆかり》さんは俺が宮前《みやまえ》の彼氏としてあらわれて、ずいぶん嬉《うれ》しかったようだ。ずっとにこにこしながら、小一時間ほど話をした。

俺は自分が東京出身であることや、真面目に大学の講義にでていること、胡弓《こきゆう》の演奏ができることなんかを語った。

由香里《ゆかり》さんは宮前《みやまえ》の小さいころの失敗や、反抗期だった高校生のころのことを話そうとしたが、そのたびに宮前《みやまえ》が、「わ〜！　わ〜！　わ〜！」と全力で阻止した。

とても楽しげな雰囲気だった。だけど由香里《ゆかり》さんが途中で咳《せ》き込《こ》んでしまった。

「おばあちゃん、無理しないでよ」

「ついつい楽しくて」

笑ったりするのにも体力を使うのだ。

「そうだ。しおり、お花の水をとりかえてくれるかしら」

「うん」

宮前《みやまえ》がベッドわきに置かれた花瓶を抱えて病室をでていく。ふたりきりになったところで、由香里《ゆかり》さんはやさしく微笑《ほほえ》んだ。

「しおりに無理やり連れてこられて大変だったでしょ」

「いえ、まあ……」

「許してやってね。しおりは私を安心させたかったのよ。私がいつも、あの子のことを心配していたから。京都にいって、ひとりぼっちで泣いているんじゃないかって」

おばあちゃんが倒れたから、励ますために彼氏のふりをしてほしいと宮前《みやまえ》に頼まれた。親戚からも、彼氏のひとりでも連れていって、顔でもみせてやってくれとお願いされたらしい。

「でも安心したわ。あなたみたいな真面目そうな恋人がちゃんといて」

「そんなたいしたものでは……」

「私が仕事ばかりだったから、あの子は家でいつもひとりだったのよ。それでとても寂しがり屋になっちゃって。誰かそばにいてくれたらいいいってずっと思ってたのよ。あの子、ほうっておくと、変な男に引っかかりそうだもの」

「それ、わかります」

「ちょっと抜けてるところがあるのよ。ああ、そうそう、さっきの話のつづきだけど、ジャングルジムで——」

由香里《ゆかり》さんは、楽しそうに宮前《みやまえ》との思い出を語った。後先考えずにジャングルジムから飛び降りてわんわん泣いたこと、雷の夜は必ず由香里《ゆかり》さんの布団《ふとん》に入ってきたこと。

話をするその口調はとても幸せそうで、孫を想《おも》う気持ちが伝わってきた。宮前《みやまえ》はちゃんと愛されて育った子なのだ。

「本当にあなたみたいな彼氏ができてよかったわ。これからもしおりをよろしくね」

穏やかに笑いながら、そういうのだった。

「ごめんね」

空港に向かう電車のなかで、宮前《みやまえ》がいう。

「彼氏のふりなんてさせちゃって」

「こっちこそ、なんか、ごめん」

「桐島《きりしま》が謝ることじゃないよ」

「でも……」

俺はシートに置かれた、たくさんの紙袋に目をやる。明太子《めんたいこ》にもつ鍋セット、めんべい、通りもん。由香里《ゆかり》さんが持たせてくれたお土産だ。

「俺がきて、すごく嬉《うれ》しそうだったな」

「うん」

「ニセ彼氏なのにな……」

俺は誰かのためになにかできる人間になりたいと思っている。それで今回、病気で倒れた宮《みや》前《まえ》のおばあちゃんを励ますため、彼氏のふりをした。実際、おばあちゃんは孫に彼氏ができて安心したと喜んでいた。俺はちゃんと役に立ったのだ。

でも、なぜだろう。たくさんのお土産をみていると、胸の奥が痛かった。

「桐島《きりしま》は気にしなくていいから」

宮前《みやまえ》はいう。

「私が頼んだだけだから……」

電車は空港に向かって進み、車窓の風景がきたときと逆に巻き戻っていく。宮前《みやまえ》の彼氏だったのは、病室にいたほんの少しの時間だけだ。でも、今はまだ、彼氏彼女をしていたときの残り香があった。

俺が一歩踏みだせば、そういう未来があるのかもしれない。でも――。

「京都に戻ったら、遠野《とおの》を迎えにいきなよ」

宮前《みやまえ》は目を伏せながら、私のことはいいからさ、なんていう。

「私、桐島《きりしま》のこと、けっこう前から好きだったんだ。気づいてなかったと思うけど」

「え？　あ、うん」

「桐島《きりしま》、鈍感だもんね」

「そうだったのか～全然気づかなかったな～」

なんてやりとりをしてみたところで、そんな冗談めかした空気は列車の規則的な音にとけて、すぐに消えてしまう。

宮前《みやまえ》は困ったように笑う。

「私ね、桐島《きりしま》に何度も好きっていおうと思ったんだよ」

でも、いえなかったという。その理由は、五人の関係を維持したいとか、勇気がでないとか、恋か友情かとか、そういう迂遠《うえん》なものではなかった。知ってたから、と宮前《みやまえ》はいう。

「桐島《きりしま》が本当に好きなのは遠野《とおの》だって、ずっと知ってたから」

鉄橋の上で列車がすれちがって、一瞬なにもきこえなくなり、すぐにまた音のある世界が戻ってくる。

「桐島《きりしま》、自分でも気づいてないの？」

だとしたら自分の気持ちに目をつむって、みないようにしてるだけだよ、と宮前《みやまえ》はいう。

「私バカだけど、なんとなくわかるよ。桐島《きりしま》は多分、過去につらい恋愛をして、もう二度と誰も好きになんてならない、って思ってるんでしょ？　でも、もう好きになってるよ」

遠野《とおの》は自分が背の高いことを気にしていて、恥ずかしそうに体を小さくするクセがある。もし周囲の人間が同じくらい背が高かったら、そういうコンプレックスは発生しない。

だから――。

「そういう格好してるんでしょ？　高下駄《たかげた》履けば、遠野《とおの》と身長ならぶもんね。最初から全部、遠野《とおの》のためなんでしょ？」

第6話　新しい恋

大学一回生のころから、遠野《とおの》の顔は知っていた。アパートが向かいだから、朝でるタイミングが同じになることもあるし、自転車で一緒に信号待ちをすることもあった。

会話をするようになったのは、一回生の冬、あのマージャン大会があった二回生の春よりもだいぶ前のことだ。

当時、俺は部屋にひきこもってずっと過去のことをぐるぐると考えていた。後に福田《ふくだ》くんに救われることになるが、その直前ということになる。

誰とも関わらないよう、俺は夜になったところでコインランドリーに洗濯ものを持っていっていた。そこにいたのが遠野《とおの》だ。

いけば、いつもいた。俺とちがって遠野《とおの》の部屋には洗濯機があるが、練習で使うジャージをすぐに乾かす必要があり、かなりの頻度で乾燥機を使っていた。

最初は特になにもなかった。

ベンチの端と端に座り、遠野《とおの》はイヤホンで音楽を聴き、俺は本を読み、洗濯ものができあがるのを待つ。そんな時間だった。コインランドリーは狭くて、暖房が効きすぎていた。

やがて会釈《えしゃく》をするようになった。

「こんばんは」

遠野《とおの》に初めて挨拶されたとき、俺は同じように挨拶を返そうとして、かんで、なにをいっているかわからない言葉を発し、さらにむせてしまった。そのころ、コンビニの店員さんに「あたためますか」ときかれて、「はい」とこたえる他に発声していなかったせいだ。

そのうちに、俺たちは少しずつ会話をするようになった。ひとり暮らしのあれこれ。自炊をしてるかとか、使いやすい家電とか、そんなよしなしごと。

少し話してから、それぞれ音楽を聴き、本をめくり、洗濯が終わったほうから会釈《えしゃく》してコインランドリーをでていく。

音漏れするイヤホン、本のページをめくる音、乾燥機と洗濯機のまわる音。

そんな夜を繰り返した。

いつのまにかベンチの端と端だった俺たちの座る位置は、ふたりぶん空いてるくらいの距離になっていた。

「これ、ひとつどうですか？」

ある夜、遠野《とおの》が声をかけてきた。とても寒い夜だった。

「肉まんか」

「コンビニで買ってきました。ひとつさしあげます」

不覚にも、俺は肉まんをひとかじりしたところで涙があふれそうになってしまった。

高校生のころを少し思いだしてしまったからだ。寒い日に、よく学校帰りにコンビニに立ちよった。となりで、肉まんを美味《おい》しそうに食べていた女の子。

過ぎ去った日々と、もう戻らないあのあたたかい場所。

涙をこらえながら肉まんを食べるのは大変だった。おそらく遠野《とおの》は気づいていただろう。けれど、なにくわぬ顔で、一緒に肉まんを食べていた。

「こんなに美味《おい》しそうに食べる人は初めてです！」

そういって、笑ってくれた。

俺は遠野《とおの》とコインランドリーで過ごす時間が好きになっていた。黙って別々のことをしているのも、おしゃべりをしているのも、どちらも心地よかった。

不思議だったのは、遠野《とおの》が夜遅くにコインランドリーを利用していることだった。日陰者の俺とちがって、遠野《とおの》はもっと早い時間に利用していいはずだ。

その理由はすぐにわかった。

ある夜、数人の男子大学生たちとコインランドリーで鉢合わせになった。彼らはヤマメ荘の住人でも桜ハイツの住人でもなく、まったく別の大学の学生だった。

彼らは遠野《とおの》をみると、口々にいった。

『うお、遠野《とおの》あきらだ。やっぱでけ～！』

『テレビでみるよりいいじゃん。しかも、でけ～の背だけじゃねえし』

『下着のサイズもやっぱ――』

男たちが少し離れたところでそんな会話をしているとき、遠野《とおの》は恥ずかしそうに体を小さくしていた。

遠野《とおの》は高校のころからインターハイに出場して、テレビで中継されていたらしい。大学生になってからは強化指定選手として将来を望まれ、さらに美人な女子大生バレー選手として注目されていた。そして、そういう目でみる男たちも少なくないようだった。

遠野《とおの》はそれが嫌で、わざわざ夜遅くにコインランドリーにきていたのだった。

ただ、それから二週間もしないうちに、遠野《とおの》をそんなふうにいった男たちはそのコインランドリーにこなくなった。

遠野《とおの》はいった。

「あれ、桐島《きりしま》さんのおかげですよね」

「なんのことだろうか」

男たちがこなくなった理由は、あのコインランドリーを利用すると必ず洗濯もののシャツの袖とズボンの裾が固結びされているため、というものだった。

「そんなこすっからいことするの、桐島《きりしま》さんくらいのものです」

俺たちの距離はどんどん近くなっていった。

遠野《とおの》が恥ずかしそうにしながら、俺のとなりに座ってくる。近すぎるんじゃないかと思って俺が少し離れる。すると、遠野《とおの》が体をずらして追いかけてくる。

コインランドリーの壁際《かべぎわ》で、俺たちは仲良くならぶようになった。

「遠野《とおの》はいつもなにを聴いてるんだ？」

「これです」

片方のイヤホンを、俺の耳にひっかけてくる。流れていたのはラブソングだった。

「ちなみに俺が読んでいる本は――」

「小難しい本はちょっと……頭が痛くなるので……」

やがて俺は福田《ふくだ》くんと友だちになり、ヤマメ荘の住人たちとも交流をして、高下駄《たかげた》を渡された。身長を気にする遠野《とおの》のために、履こうと思った。少なくとも俺の前では、身長を気にして小さくなる必要はない。

遠野《とおの》のためにやったことがわかると気を使うだろうから、自然に下駄《げた》を履いたようにみせるため、着流しも着た。俺の通う大学にはこういう格好をするタイプの男がそれなりにいるから、いかにも、俺もそういうやつのひとりだというふうをよそおった。

でも、遠野《とおの》はちゃんとわかっていた。

「桐島《きりしま》さんはバカです」

着流しになった俺をみて、遠野《とおの》は目に涙をためながらいった。

「でも、ありがとうございます」

◇

「お、お、お」

浜波《はまなみ》がためてからいう。

「お前が惚《ほ》れさせてんじゃねえか〜〜〜〜!!」

大学の学食でのことだ。浜波《はまなみ》のトレーには生姜焼《しょうがや》き、白米とみそ汁。俺のトレーには素うどんだけだ。

「遠野《とおの》さん、絶対、桐島《きりしま》先輩と過ごすコインランドリーの時間を大切にしてましたよね」

「そうかもな」

「そこに福田《ふくだ》さんを送り込んだわけですか。自分はいかなくなって」

「そうなるな」

「天才!」

浜波《はまなみ》が絶叫する。

「桐島司郎《きりしましろう》は女を怒らせる天才!」

返す言葉もなかった。実際、遠野《とおの》はこういうことがつもりにつもって、宵山《よいやま》の夜に感情を決壊させた。以来、友だちの家を渡り歩いて、桜ハイツには帰っていない。宮前《みやまえ》との九州旅行から戻っても、その状況は変わっていなかった。

「少なくとも、はたからみると桐島《きりしま》先輩は遠野《とおの》さんに好意を抱いているようにみえます。好きじゃなかったらしない行動ばかりです」

「宮前《みやまえ》にもそういわれた」

桐島《きりしま》さんが後ろ髪を引かれる理由はわかりますが、と浜波《はまなみ》はいう。

「遠野《とおの》さんって、かわいすぎるバレー女子大生ってことで、すごい人気あるんですよ」

浜波《はまなみ》がスマホをみせてくる。遠野《とおの》のＳＮＳのアカウントだった。フォロワーの数がすごい。

「しかし食べ物ばかりじゃないか」

「たまに遠野《とおの》さんが見切れるんです。ほら、これとか」

遠野《とおの》の顔が見切れるたびにフォロワーが激増していくらしい。

「そして桐島《きりしま》さんはこの食べ物の画像についてもよく考えるべきです」

そうかもしれなかった。遠野《とおの》が投稿している食べ物の画像は、一時期から、ほとんどが白米と魚になっていたからだ。

「遠野《とおの》さんと付き合うとか、想像しないんですか？」

「どうだろうな」

俺は昨晩のことを思いだす。いつものように私道で魚を焼いていた。

『遠野《とおの》さん、最近みないね。どうしたんだろう？』

福田《ふくだ》くんが心配そうにいった。

『桐島《きりしま》が迎えにいけばすぐに解決でしょ』

宮前《みやまえ》は鮎《あゆ》をつつきながらそういい、次の瞬間、自分の失言に気づいて顔をこわばらせた。

福田《ふくだ》くんは、どうして桐島《きりしま》くんが？　という顔をしていた。

助けてくれたのは、片眉を吊りあげて俺たちをみていた大道寺《だいどうじ》さんだった。彼はいきなり半熟卵の作り方について語りだした。

『沸騰したお湯に卵を入れるだろ。そしたらホワットエヴァーを歌うんだ。オアシスの。歌い終わったところが、一番おいしい半熟だ』

『キッチンタイマー使うほうが絶対早いって』

宮前《みやまえ》がつっこんで、なんとなく楽しい空気になって、ごまかした感じになった。でも、福田《ふくだ》くんはやはり首をかしげていた。

「それはなかなかですね……」

浜波《はまなみ》がすっぱい顔をする。

「どうするんですか」

「いずれにせよ、遠野《とおの》と少し話そうと思う。実は、俺のせいで遠野《とおの》はピンチになっている」

遠野《とおの》のバレー部の後輩が、ヤマメ荘の前で俺を待っていた。遠野《とおの》の好きな男が着流しの変人であることはバレー部内ではみなが知るところであるらしく、その子もたやすく俺を発見できたのだった。

「遠野《とおの》パンチを覚えているか？」

「ああ、あの木村《きむら》とかいう男を殴り飛ばしたやつですね」

「木村《きむら》はあのあと、診断書をとったらしい。それで、部員の暴力問題として大学側と話し合いになっているそうだ」

「うわぁ……めんどくさい男……」

「遠野《とおの》はちゃんと大学には通っているみたいだから、いけば会えると思う」

「じゃあ、桐島《きりしま》さんはなんで、ここで油売ってるんですか？」

「そんなのあれじゃん、浜波《はまなみ》には全部話しておきたいじゃん」

「そうですか」

浜波《はまなみ》はそういって、生姜焼《しょうがや》きを口に運ぶ。そしてもぐもぐと食べ、水を飲み、コップを静かにテーブルの上に置き、ひと息ついて、大きく息を吸ってからいった。

「とっとと遠野《とおの》さんのところにいってこい!!」

◇

浜波《はまなみ》と学食でご飯を食べたあと、自転車で遠野《とおの》の大学へと向かった。キャンパス内を歩いてみれば、大学のカラーのちがいか、なんとなく俺の通う大学よりも明るい雰囲気だった。進学する大学をまちがえたかもしれない。

宮前《みやまえ》とスマホでやりとりしてみれば、遠野《とおの》はとっている講義が休講になったため、体育館でバレーの自主練をしているという。

体育館にいってみれば、広い空間のなか、遠野《とおの》がひとりでサーブ練習をしていた。遠野《とおの》は俺をみて驚いた顔をしたが、すぐにすねた顔をつくり、またボールをぽんぽんネットの向こう側に打ちだした。

俺が近づいていったところで、やっと手を止める。

「なんですか？」

つん、とした態度の遠野《とおの》。

「そろそろ戻ってきてほしいと思ってさ」

俺がいうと、遠野《とおの》はすねた顔のままだが、なんとなく嬉《うれ》しそうな顔になる。しかし――。

「みんな寂しがってるからさ」

瞬間、遠野《とおの》はぷいっと横を向いてまたサーブを打ちだした。

バシーンとボールが床を打つ音、さっきより心なしか乱暴だ。

「いや、俺も心配なんだって」

俺がいうと、また遠野《とおの》が手を止めて、こちらを向く。

「木村《きむら》のことで、揉《も》めてるんだろ」

「桐島《きりしま》さんは気にしなくていいです。私のほうでなんとかしますから」

「そういうわけにはいかないだろ。もともと遠野《とおの》は俺のために木村《きむら》を殴ってくれたんだから。今度は俺が遠野《とおの》のためになにかしたいんだ」

「桐島《きりしま》さん……」

「俺と遠野《とおの》は友だちじゃないか」

「友だち……」

バシーン、とボールが床を打つ音。遠野《とおの》がまた横を向いて練習をはじめたのだ。

この繰り返しだった。俺が話しかけて、遠野《とおの》が手を止めてこっちを向いて、少しだけ嬉《うれ》しそうな顔をして、またぷいと横を向いてサーブ練習にいそしむ。俺がわるいのだろうか。

何度もそんなやりとりをするうちに、遠野《とおの》が「も〜〜〜！」とキレた。

「私がききたい言葉はそういうのじゃありません!!」

そういって、俺を押し倒してくる。

俺が背中から倒れたところに、遠野《とおの》がおおいかぶさる。

「私がその気になれば、こういうことだってできるんです！」

俺の両手を押さえつけながら、顔を近づけてくる。鼻と鼻がふれそうな距離になったところで——。

遠野《とおの》は、ぱっと体を起こして横を向いた。顔が真っ赤になっている。自分でやっておいて、恥ずかしくなったらしい。しかしそんなコミカルな空気はすぐに消えて、ひどく哀《かな》しそうな顔でいう。

「桐島《きりしま》さんにとって、私は食いしん坊の、子供っぽい女の子のままなんでしょうか」

それは俺が遠野《とおの》に押しつけたイメージ。高校のころなら、絶対にやらなかったこと。

「このまま私の気持ちはなかったことにされるんでしょうか」

遠野《とおの》は語る。

「私はずっと桐島《きりしま》さんのことが好きでした。寒い夜、コインランドリーにいるのも世界でふたりぼっちになったみたいで好きでした。コンビニ帰り、ただ一緒に歩くだけでドキドキしていました」

そして、人を好きになるってことは、ただエモいことを芝居みたいに楽しむだけじゃない。

だから――。

「私は桐島《きりしま》さんと付き合いたいって思ってました。もっと仲良くなりたいって思ってました」

けれどそういう素振りをみせなかった。なぜなら、俺が恋愛を拒否して、遠野《とおの》をかわいらしいアイコンとしてとらえようとしていたから。

「桐島《きりしま》さん、私は女の子じゃないですか？　魅力、ないですか？」

そんなことはなかった。

汗に濡《ぬ》れた髪も、運動して紅潮した白い肌も、裾の短いユニフォームからのびる手足も、その全てが美しかった。

遠野《とおの》の頬に手をあててみる。肌が熱を持っている。遠野《とおの》が顔を赤くして、肌がもっと熱くなる。こめかみから流れる汗のひとしずくを、俺は指でなぞる。

「私は、その、そういう目でみられることがとても多いです。ユニフォームは肩がありませんし、パンツは裾が短いですし……」

それだけじゃない。遠野《とおの》は胸がとても大きい。運動してウエストが引き締まっているから、それはさらに強調されている。だから、遠野《とおの》の大学生バレー選手としての人気は、そういう部分も多分に含まれており、遠野《とおの》はそれが少しイヤだという。

「でも、桐島《きりしま》さんにはそういうふうにみられたいと思います。みてほしい、って思います」

遠野《とおの》は俺が頬にふれた手に、自分の手を重ねる。

「もっとさわってほしい、そう、思います」

俺は体を起こして、反対に遠野《とおの》を押し倒す。遠野《とおの》は顔をそむけるが、その横顔には、恥じらいと、緊張と、少しの期待がみてとれる。

この感覚を知っている。

俺は汗で湿ったユニフォームの上から、遠野《とおの》の胸をさわった。遠野《とおの》のあごがあがる。俺は遠《とお》野《の》の足と足のあいだに体を入れて、おおいかぶさる。遠野《とおの》の体はとても柔軟で、ぴったりと体が重なる。

乱れた遠野《とおの》のポニーテール、露出したうなじ。

俺は白い首すじを舌で舐《な》める。

「桐島《きりしま》さんっ！　私、あせっ！」

遠野《とおの》のなめらかな肌をさかのぼり、耳の輪郭に沿って舌を這《は》わせる。遠野《とおの》が胸を張り、ぴんと体を反らせる。

「な、なんですか、これ……こんなの、きいてないです……あっ……やっ……」

耳の内側をなぞれば、遠野《とおの》が湿った吐息を漏らしはじめた。俺はさらに遠野《とおの》の耳のラインに沿って、やさしく舌を何周も這《は》わせる。

「ダメです、桐島《きりしま》さん、これ、ヤバいです……」

遠野《とおの》が俺を押し返そうとする。けれどいつもの力はなかった。俺はさらに遠野《とおの》の耳の穴に強く舌を突っ込んだ。瞬間、遠野《とおの》が声にならない嬌声《きょうせい》をあげ、体を震わせた。俺は遠野《とおの》の額を押さえながら、舌を出し入れする。

「あっ……桐島《きりしま》さん……あっ……あっ……」

遠野《とおの》が息も絶え絶えになって、完全に脱力したところで、体を離す。遠野《とおの》は完全にできあがっていた。

「桐島《きりしま》さん……」

遠野《とおの》が濡《ぬ》れた瞳で俺をみる。

俺は遠野《とおの》の腕を頭の上で交差させて押さえつける。そして、そこに顔を近づけていく。

「え？　え？」と遠野《とおの》が戸惑いの声をあげる。

「さては、わざと私に嫌われようとしてるんですね。そういうのもういいですから！　え？　うそ……本気なんですか？」

俺がうなずくと、遠野《とおの》は顔を真っ赤にしながら、投げやりにいう。

「も～好きにしてください！」

俺は遠野《とおの》の汗に濡《ぬ》れたわきを舐《な》めた。遠野《とおの》は体の下で、羞恥に震えていた。

◇

「桐島《きりしま》さんをあなどっていました……」

遠野《とおの》が体育館のはしっこで床に座り、ひざを抱えながらいう。わきを舐《な》められている最中、恥ずかしさに耐えられなくなり逃げだしたのだった。

「でも、なんだかうまくごまかされた気がします」

ジトッとした目で俺をみる。

「私は……その……」

遠野《とおの》は目を伏せながらいう。

「キスとか……そういう普通の……してほしいです……」

ごまかしている。それは遠野《とおの》のいうとおりだった。俺のしたことは全部、キスのような恋愛の一番シンボリスティックなものから逃げていた。遠野《とおの》の女の子っぽいところをみないようにして、コミカルに扱って、五人の仲間みたいなイメージをはめようとして、あげくここまできて、そういう部分から逃げようとしていた。

俺は、自分の状況を正直に話す。

「遠野《とおの》、俺は高校のとき、付き合っていた女の子をひどく傷つけたんだ。それはもう、本当にひどい傷つけ方だった。俺はそれで、自分が幸せになっていいのか、誰かを好きになっていいのか、本当にわからない」

遠野《とおの》は素敵な女の子だ。だからこそ――。

「俺は遠野《とおの》を好きになってはいけないような気もする。今さら自分にそんな資格があるのかといえば、ないように思える。遠野《とおの》は俺にさわってほしいといったけど、さっきはいろいろとしたけど、俺は多分、最後まですることはできない」

かっこつけずに、遠野《とおの》に話した。俺が二年以上に及ぶ禁欲的な生活でイタすことができない体になっていること、ひとりでもイタしていないことを。

もしかしたら神様がもう恋愛するなといっているのかもしれない。そんな感じのそれっぽい言葉も添えてみたが、遠野《とおの》が反応したのはそこじゃなかった。

「に、二年も！」

顔を真っ赤にしながらいう。

「逆にえっちです！」

宮前《みやまえ》といい、どういう思考回路なのだろうか。

「ていうか桐島《きりしま》さん、やっぱり彼女さんがいたんですね……どんな人だったのか、すごく気になります」

「ここでミーハー根性、発揮する〜？」

「私はいろいろと気にするタイプなんです！」

俺と宮前《みやまえ》が九州旅行にいったのにもかなり気をもんだらしい。先に宮前《みやまえ》が、友だちとして旅行にいくと遠野《とおの》にことわっていたが、本当はいってほしくなかったという。ただ、彼女でもないので止めるわけにもいかない。

「彼女だったらどうしてたんだ？」

「ふたりきりの旅行をオッケーした時点で桐島《きりしま》さんに遠野《とおの》パンチです」

あごがなくなるだろう、と思った。

「で、どんな彼女さんだったんですか？」

いわないと遠野《とおの》が引かなそうなので、俺は高校のころの記憶の断片を拾いながらいう。

「すごくクールで、勉強が苦手で、でも音楽が得意で、美人で――」

「ふむふむ」

「愛想《あいそ》がよくて、真面目で、よく勉強ができて、かわいらしくて――」

「んー?? クールで愛想《あいそ》がいい？　勉強が苦手だけど、できる？　なんだか鵺《ぬえ》みたいな人ですね」

遠野《とおの》が首をかしげる。

「まあ、桐島《きりしま》さんがそこまで引きずるくらいですから、とても素敵な人だったんでしょう。そんな人を傷つけたものだから、桐島《きりしま》さんは恋愛を拒否してしまってるんですね」

「シンプルにいえば」

遠野《とおの》はそこでまた真剣な表情になり、しばらく黙り込んでなにやら考えたあとでいう。

「私は試合でスパイクを決めます。とても理想的なスパイクだとみんな褒めてくれます」

でも、練習ではたくさん失敗しているという。

「たくさん失敗をしたから、試合でいいスパイクを決めれるんです。しかも、それでも試合中に失敗をします。人はみんな、私のことを天才だとか、うらやましいといってくれます。でも私自身はいつも失敗ばかりです。失敗しながら、どうにかこうにかやっています。恋愛だって同じじゃないでしょうか？」

少なくとも、と遠野《とおの》はいう。

「私は失敗しない人なんていないと思っています。桐島《きりしま》さんが高校生のときの恋愛で失敗したからって、幸せになってはいけないとか、許されないとか、そんなことは全然思いません」

だから――。

「一歩、踏みだしてほしいです。過去に失敗したからなんですか。イタせないからなんですか。そんなの理由になりません」

遠野《とおの》はどこまでも前向きな女の子だった。彼女となら、新しい恋ができるかもしれない。そう思ったから、俺は迷いながらも遠野《とおの》に近づいて、その両肩をつかむ。

「桐島《きりしま》さん……」

遠野《とおの》があごをあげ、目を閉じる。

俺は顔を近づけていく。

まさにくちびるとくちびるがふれあおうとした、その瞬間だった。

足音がした。

驚いてふり返ると――。

ひどく悲しそうな顔をした福田《ふくだ》くんが立っていた。

◇

カフェで、抹茶パフェを食べている。

遠野《とおの》を体育館に迎えにいった数日後のことだ。結局、俺は遠野《とおの》を桜ハイツに連れて帰ることはできなかった。

あのとき、福田《ふくだ》くんも戻らない遠野《とおの》のことを心配して、偶然にも、俺と同じタイミングで遠《とお》野《の》に話をしにきたのだろう。そこで、遠野《とおの》と俺が今にもキスしようとしている場面をみてしまった。

「ちがうんだ！」

俺は思わずそういっていた。

福田《ふくだ》くんは弱々しく笑うと、首を横にふって、体育館をでていった。そうやって俺はまたひとりを傷つけ、同時にもうひとりを傷つけていた。

「ちがうんだ、ってなんですか……」

遠野《とおの》が、つぶやくようにいう。そして——。

「ちがう、ってなんですか！　なにがちがうっていうんですか！」

遠野《とおの》は立ちあがり、感情的にそういうと、彼女もまた体育館からでていってしまった。そして桜ハイツには戻ってこなかった。

それから福田《ふくだ》くんも、魚を焼いているところにこなくなってしまった。ヤマメ荘の廊下ですれちがったとき、話しかけようとする俺を制して福田《ふくだ》くんはいった。

「僕はいつもそうなんだ。鈍感で、空気が読めなくて、いつもおいていかれてしまう。恋愛とか、そういうものとは無縁の男なんだ。わかっていたのに、夢をみてしまった……」

「そういうわけじゃ——」

「ごめん、少しひとりになりたいんだ……」

福田《ふくだ》くんの心を思えば、俺はなにもいえなかった。彼は好きな女の子と、その恋を応援しているはずの友人がキスしようとしている場面をみてしまったのだ。

夜、魚を焼いても、集まるのは宮前《みやまえ》と大道寺《だいどうじ》さんだけになっていた。

「桐島《きりしま》、なにやってんのよ」

宮前《みやまえ》は炭をいじりながら、寂しそうにいった。たしかに三人では寂しかった。大道寺《だいどうじ》さんは黙して語らず、というスタンスを貫いている。そんな感じでいたところ、また遠野《とおの》のバレー部の後輩がやってきたのだ。

木村《きむら》を殴りとばした一件が、かなりこじれているという。木村《きむら》は弁護士まで立てて、学校に対応を求めているらしい。

「このままだと遠野《とおの》先輩が暴力問題を起こしたということで退部させられてしまいます……」

後輩の女の子はそういった。

そんなことがあり、俺と宮前《みやまえ》はなにか遠野《とおの》の力になれることはないかと思い、遠野《とおの》が木村《きむら》を殴りとばしたカフェにやってきたのだった。

「あそこに監視カメラがあるね」

宮前《みやまえ》が天井を眺めながらいう。

「そうだな。遠野《とおの》が殴ったところがばっちり映っているだろう」

「フェイクの場合もあるってきいたことあるけど」

「遠野《とおの》は殴ってない、木村《きむら》のでっちあげだ、と主張するのは難しい気がするな」

相手は診断書もあるし、弁護士がついているなら、いざとなったら店の人やお客さんから目撃者を探すだろうし、なにより遠野《とおの》が殴ったのは真実なのだ。

「桐島《きりしま》がでていって、向こうが先にいっぱいイヤなことといったっていえば？」

「小学校の学級会ならなんとか、って感じだな」

俺たちはああでもない、こうでもないと知恵を絞った。けれど妙案は浮かんでこなかった。

「木村《きむら》はすごいね」

宮前《みやまえ》はいう。

「あんなにイヤなイメージで、こっちからしたらいろいろやられた感じなのに、世間的には痛いところがなにもないんだね」

「とても賢くて正しいんだよ」

結局、遠野《とおの》のこの難局の手助けになるようなものはみつけられなかった。

店をでたところで、宮前《みやまえ》がいう。

「遠野《とおの》、スポーツ推薦だから、これがきっかけで大学辞めちゃったりしたらヤだな」

宮前《みやまえ》はしゅんとした顔のまま、塾の講師のバイトに向かっていった。

俺は大学の図書館へいって、法律の本を開いたり、法学部の知り合いにメールであれこれきいたりした。

遠野《とおの》パンチが世間的にセーフになる解釈はないか探ったのだけれど、どれも難しかった。法律の解釈によると、刑事事件にすれば、暴行罪は確実で、診断書もあるから傷害罪も視野に入るようだった。

暴力問題として木村《きむら》が強気になって、大学側が弱気になるのは当然だった。

俺は大学の図書館をでて、あてもなく夕闇に沈む京都の街を歩いた。特に意味もなく錦小路《にしきこうじ》にいって、肉の店があって、たまには魚以外も焼いたらみんなテンションあがるんじゃないかと思い、買って帰ろうとしたが、すぐにそのみんなが全員そろってないことに気づいた。

そのまま夜の木屋町《きやまち》にいった。古都の空気を残す飲み屋街、サラリーマンに大学生、みんな楽しそうだ。最近は木屋町《きやまち》を歩いても寂しさを感じることはなかった。戻る場所があったからだ。けれど、そこからあたたかさが失われようとしている。

俺は逃げるわけにはいかなかった。

遠野《とおの》は俺のために木村《きむら》を殴り、バレー部退部の危機に瀕《ひん》している。

福田《ふくだ》くんは俺のせいで傷つき、今、ヤマメ荘の自分の部屋にこもっている。

なんとかしなければならない。

俺はもう、高校のころとはちがう。

強い決意とともに、遠野《とおの》にメッセージを送った。


翌日の昼、俺は自転車にまたがって、土手の上から鴨川《かもがわ》にのぞんでいた。

晴れていて、陽の光が水面を輝かせている。

しばらくしたところで、遠野《とおの》が歩いてやってきた。

「なんですか？」

つん、とした表情。

「呼びだされたから一応きましたけど」

「遠野《とおの》、俺にはなにも期待してないって顔だな」

「どうせしょうもないことですよね、どうせ」

「今から自転車で鴨川《かもがわ》を渡りきろうと思う」

「本当にしょうもない！　え？　ていうか、しょうもないどころか、わけがわかりません！」

「みていればわかる」

鴨川《かもがわ》は川幅が五十メートルくらいといったところ。それなりの長さがあるが、橋の上から川底がみえるくらいの浅さだ。流れが意外とあるとか、川底がごつごつしてるとか、そういう現実的な点に目をつむれば、自転車で渡りきる妄想はギリギリ可能な気がした。

「ていうか桐島《きりしま》さん、土手からいくんですか？」

「もちろんだ。でないとドラマチックが足りないだろ」

「え、ちょっと⁉」

俺はもうこぎだしていた。あれこれ考えていると恐《こわ》くなりそうだったからだ。そして土手の上から自転車を走らせた瞬間から超恐《ちようこわ》い。どれくらい恐《こわ》いかというと、集中しすぎてスローモーションでみえるくらいだ。ほんの数秒の出来事が引き延ばされる。

まずこの傾斜を自転車で駆け下りるなんて小学生のときにもやったことないし、実際やってみると振動がすごい。安いママチャリのタイヤじゃ衝撃を全然吸収しきれなくて、ハンドル握ってると手が痛くなるくらいガタガタくるし、サドルも揺れてお尻も痛くて、こけそうになりそうなところをなんとかハンドル握ってこらえながら自転車を押さえつけてくだりつつ、なんかいい感じに「わー！」とか声をだしてみたいと思いつつもそんなことする余裕もないまま、でもなんとか前輪を浮かせて、ぴょーん！　と跳ねる感じの絵を遠野《とおの》にみせたいと想像したところでもう前輪をあげる間もなく着水、からの、川のなかを自転車で進むという妄想を一ミリたりとも実現することなく、着水した瞬間、前につんのめって自転車が一回転して、俺は背中から落ちていた。

「え、えぇ～？」

遠野《とおの》が戸惑いながら土手を降りてくる。靴を脱ぎ、川に入ってくる。

「いや、ちょっと、その、なんていうんでしょう……」

リアクションに困っている。だから、俺は川にお尻をついたまま言う。

「なんとかなるかな、って思ったんだ」

「え？」

「映画やドラマみたいなことすれば、全部解決するんじゃないかってさ」

スクリーンのなかなら、感情をぶちまけて走ったり叫んだりすれば、だいたい解決する。

俺が自転車でぴょーんと跳ねれば、遠野《とおの》が笑って、テキトーに理由こじつけながら仕方ないので桜ハイツに戻りますといって、さらに川を渡りきったところに福田《ふくだ》くんがいて、君には負けたよとかいいながら握手して仲直りして、五人またそろったところで、展開として、とりあえず木村《きむら》の問題だって一発逆転で相手をやりこめてすっきりする感じに仕上がる。

「でも、そんなことはないんだ」

実際の俺は前につんのめってこけるだけで、なにも起きはしない。感情をぶちまけたところで、幸運なんてやってこないし、誰かが助けてくれるわけでもないし、だから地道に、ひとつひとつやっていくしかない。

俺がドラマチックカタルシスをやったところで、遠野《とおの》はドン引きするだけだし、福田《ふくだ》くんが部屋からでてくるわけでもないし、木村《きむら》をやっつけるための機転の利《き》いた、たったひとつの冴《さ》えたやり方を思いつくわけもない。

「俺たちは映画やドラマじゃない。劇的な解決方法なんて存在しない」

だから、俺はいう。まずは――。

「木村《きむら》に謝罪しよう。俺も一緒にいくからさ」

◇

「くやしい～‼」

遠野《とおの》が俺の背中で暴れている。あれから俺たちは遠野《とおの》の大学にいって、木村《きむら》とその弁護士に会って、大学職員の前で謝罪した。

そして、遠野《とおの》がくやしすぎて歩けないというので、おんぶして、また鴨川《かもがわ》の土手を歩いているのだった。

「みました⁉　あの、木村《きむら》の勝ち誇った顔！」

「まあ、いいじゃないか。丸くおさまったんだし」

和解というのはただの概念かと思っていたが、ちゃんと和解契約というものがあった。弁護士が入っていたおかげで、細かい条件を確認して、これで終わりにしましょうという和解契約がなされた。慰謝料の額は大学生にとっては手痛い額だが、俺もだそうと思う。

「でも木村《きむら》のやつ、また桐島《きりしま》さんを見下した顔してました！」

「遠野《とおの》が部に残れて、それだけで俺は十分だよ」

木村《きむら》はもっと遠野《とおの》に罰を与えたいみたいだった。悪いことをしたやつは、人生が破滅するまで叩《たた》きたいという思想。けれど自分で入れた弁護士があだとなった。弁護士は仕事の定型として、慰謝料の支払いがあれば、この件について木村《きむら》はこれ以上なにも請求しないし口外もしないという旨《むね》の条項を入れた。

「最初からこうしていればよかったんだ」

大学側も遠野《とおの》を退部にはしたくないみたいで、最初から落としどころを探していた。

結局のところ、木村《きむら》の正しさよりも、遠野《とおの》の人となりのほうに風は吹いていた。でも遠野《とおの》が意地を張って、交渉のテーブルについていなかったのだ。

「だって……」

「なんでも思いどおりにはいかないんだ。木村《きむら》だって消化不良だったと思うぞ。お金が欲しかったわけじゃないだろうし」

俺たちはいつでもうまくいくわけじゃない。遠野《とおの》のスパイク理論と同じだ。失敗しながら、こつこつ前に進んでいく。

遠野《とおの》が腕力に訴えたのはよくなかったが、それで俺は遠野《とおの》をダメなんて思わない。ひとつ失敗をしただけで、それだけの話だ。

「遠野《とおの》パンチはもうやめとこうな」

「はい。もうしません……」

「でも、俺は嬉《うれ》しかったよ。あのとき、遠野《とおの》が殴ってくれて。世間的にはダメなことだったんだけど、誰も肯定しないんだろうけど、それでも俺は嬉《うれ》しかったんだ」

「桐島《きりしま》さん……」

俺は遠野《とおの》を背負ったまま、アパートまで帰った。途中、さすがに、「おも──」といいかけたところで、遠野《とおの》に首をしめられた。

こうして、遠野《とおの》は桜ハイツに戻ってきた。

その夜、俺は福田《ふくだ》くんにそのことを告げた。直接顔を合わしてはいない。扉ごしに話しかけたのだ。福田《ふくだ》くんはきいていると思った。

「本当にすまない。俺は知ってたんだ。遠野《とおの》に好きな人がいることも、それが誰なのかも」

でも、俺は恋愛をしないつもりだった。だから、福田《ふく》くんが遠野《とおの》のことを好きと知ったとき、それを応援することに抵抗はなかったし、遠野《とおの》が心変わりして福田《ふくだ》くんのことを好きになればいいと本気で思っていた。

「俺は高校のころ、特別な恋をした。そして、もう新しい恋をする気はなかったんだ」

その理由はたくさんある。

もう誰も傷つけたくないとか、自分で自分を許せないとか、いくらでもいうことができた。

でも結局のところ、俺はあのときの恋を、彼女たちを、自分のなかで特別なものにしておきたかったんだ。

もし新しい恋をしてしまったら、特別でなくなるような気がしていたのだ。人生で数ある恋のひとつにしたくなかったのだと思う。

過去の恋をひきずる男という定型は、とても都合がよかった。身を削って、あのときの恋を特別なものとして演出することができた。

でも俺は凡人だった。

ドラマチックにたったひとつの恋を胸に抱いて生きていく、みたいなことはできなかった。

多くの人がそうであるように、また、新しい人を好きになっていた。

結局のところ、俺は遠野《とおの》を好きになってしまっていたのだ。

「普通のことのように思える」

扉の向こうから、福田《ふくだ》くんの声がした。

「高校生のとき、桐島《きりしま》くんが好きだった人を僕は知らない。多分、とても素敵な人だったんだと思う。でも、遠野《とおの》さんだって負けてないはずだ。桐島《きりしま》くんがこれから出会っていく女の人のなかにも、そういう素敵な人がたくさんいる。ひとつの恋が終わって、また別の誰かを好きになることはわるいことじゃない。軽い人間だとも思わない。自然だし、むしろ新しく出会った人のことを尊重できているとさえいえる」

「冷静だな」

桐島《きりしま》くんは勘ちがいしている、と福田《ふくだ》くんはいう。

「僕は別に今回のことで怒ったり傷ついたりしているわけではないんだ。もちろん、少しは思うところはあった。でも、こうして部屋にこもっている理由は、そうじゃない」

「じゃあ、一体どうして」

俺が問いかけたところで、扉が開き、福田《ふくだ》くんが顔をだしていった。

「遠野《とおの》さんへの気持ちを冷ましていたんだ。僕の想《おも》いは熱すぎる」

それから、福田《ふくだ》くんは少し泣いた。

◇

夜遅くなったところで、俺は洗濯ものを袋に入れて、アパートの部屋をでる。

まだひとつ、俺には、はっきりと結論をださなければいけないことが残っていた。

静まり返った街、道を歩けば暗がりのなかに、小さな光がみえる。

コインランドリーだ。

なかに入ると、俺はドラム式の洗濯機のなかに洗濯ものを入れる。小銭を投入してスタートボタンを押し、ベンチに座ってできあがるのを待つ。

本を読んでいるうちに、遠野《とおの》がやってくる。彼女はユニフォームとジャージを乾燥機に入れてから、俺のとなりに少しだけ距離を空けて座る。

遠野《とおの》はイヤホンをして、音楽を聴きはじめる。

夏の夜、コインランドリーでなにくわぬ顔をするふたり。いつかの光景。

洗濯機のまわる音と本をめくる音、そして音漏れするイヤホン。

しばらくしたところで、遠野《とおの》がイヤホンを片方、耳からはずす。

「桐島《きりしま》さんも聴きますか？」

俺はイヤホンを受けとって、耳につける。

聴こえてきたのは、シンプルなラブソングだった。なんてことのない、よくある普通のラブソング。来年には誰からも忘れられてしまう流行歌。

俺たちはみつめあう。

いうべきことはわかっていて、そして今、それをいうべきだ。

でも俺が口を開こうとした直前で――。

遠野《とおの》は笑った。

「私たち、ちょっと芝居がかってないですか？」

「たしかに」

俺もつられて笑う。

「キメようとしすぎている」

もう、なにもいう必要はなかった。俺たちはくすくすと笑いながら抱きあった。遠野《とおの》の熱い体と、鼓動を感じる。

遠野《とおの》は俺の首すじに顔を押しつけ、力いっぱい俺を抱きしめながらいった。

「よろしくお願いします」

「こちらこそ」

それから、俺たちはたくさんキスをした。

俺の大学生活が、本当にスタートした瞬間だった。

第7話　夏の日、残像

恋人になった遠野《とおの》は、彼氏をずっとさわっていたい女の子だった。ベタベタしたいというよりは、つながっていると安心するようだった。

一緒に歩いているときは手をつなぐか俺の服の袖をつまんでいるし、部屋で一緒に映画やドラマをみているときは、となりに座って肩に頭を乗せてくるか、俺のひざを枕にする。暑い日に、エアコンを求めて遠野《とおの》の部屋にゆき、フローリングに転がっていると、遠野《とおの》も一緒に転がってきて、犬や猫のようにじゃれあった。

俺たちはパーフェクトに仲のいい恋人だった。

「桐島《きりしま》さん！」

遠野《とおの》は屈託ない笑顔でいうのだ。

「私、もっともっと桐島《きりしま》さんと一緒に、楽しい思い出つくりたいです！」

こうなったら、もう止まれない。

頭のなかに音楽が流れだす。高音がよく伸びる爽やかな女性ボーカル。

俺たちは自転車で京都の名所旧跡を巡る。つかれきって帰ってきたら、どちらかの部屋で、同じ布団《ふとん》で額をくっつけながら笑いあって眠る。スーパーにいって買い物をして、小さな台所で一緒に餃子《ギョーザ》をつくる。

「なんか、変な形になっちゃったな」

「でも、美味《おい》しいです！」

笑って食べる遠野《とおの》。

俺はどんどん遠野《とおの》のことが好きになる。

ずっと笑顔でいてほしい、元気な遠野《とおの》でいてほしい。

電車好きな遠野《とおの》と一緒にいろんな電車に乗る。京阪《けいはん》電鉄、阪急《はんきゅう》電鉄。一両目に乗って、線路をぐんぐん進んでいく光景を眺める。近鉄《きんてつ》に乗って奈良にいって、わらび餅を食べて、大仏をみる。そのうち遠野《とおの》が一眼レフカメラを買う。

思い出が写真になってたまって、遠野《とおの》は嬉《うれ》しそうにそれを何度もみかえす。

夜のランニングに付き合ったりもする。

「桐島《きりしま》さん、がんばって！」

「し、しかし……」

「大丈夫です！　たしかに桐島《きりしま》さんは水面に腹をみせて浮いている魚みたいな顔になってますが、人間ランニングではそうそう死んだりはしません！」

遠野《とおの》が手をさしだしてきて、その手をつかめば俺たちはどんどん加速していく。

そんな俺たちをみんなも祝福してくれる。

「ふたりが付き合って嬉《うれ》しいよ」

福田《ふくだ》くんはいう。例のごとく、私道で魚を焼いているときのことだ。

「嘘《うそ》じゃない。もちろん少しつらいところはあったけど、誰といたってそういうことはあるものなんだ。誰かと一緒にいるっていうのは、どんなに大好きな友だちが相手であったとしても、いつでも楽しいってわけじゃない。そして、楽しくなければ友だちじゃないというのは、僕はちがう気がする。そういう浮き沈みも含めて付き合うのが、友だちなんだと思う」

だから、これはこれでいいのだ——。

福田《ふくだ》くんはとても前向きだった。

「僕は今回、恋がとても素敵なものだと知った。そういう物語があふれ、みんなが夢中になる理由がわかる。僕もまた新しい恋を探してみようと思う。そして、今度は桐島《きりしま》くんに頼らず、ちゃんと自分でやってみたい」

「桐島《きりしま》、わかってると思うけど——」

宮前《みやまえ》もいう。

「遠野《とおの》を泣かしたら、許さないからね」

大道寺《だいどうじ》さんは馬頭琴《ばとうきん》を鳴らしつづける。

「桐島《きりしま》さん、私たち幸せですね！」

遠野《とおの》が手を握ってきて、俺も握り返す。「イチャイチャすんな！」と宮前《みやまえ》が茶化して、みんなで笑って、五人の関係もどんどんキラキラサマータイム。

みんなで琵琶湖《びわこ》の花火大会にいく。今季二度目の浴衣《ゆかた》。遠野《とおの》は、宵山《よいやま》のときとちがってとても楽しそうだ。

そしてこの夏、最後のイベント。

俺たちは朝からレンタカーに乗って、太平洋側の海岸に向かっていた。

「夏といえば、やっぱ海だろ」

大道寺《だいどうじ》さんがそういって、みんなで計画を立てたのだ。一泊二日で、安い民宿に泊まる。

俺と遠野《とおの》が三列シートのワゴンの一番後ろに座り、二列目に宮前《みやまえ》と福田《ふくだ》くん、運転席に大道《だいどう》寺《じ》さん、そして助手席には浜波《はまなみ》が座っていた。

浜波《はまなみ》は最初誘ったときにはくるのをためらっていたが、様々な問題が解決して遠野《とおの》と正式に付き合うことになったことを説明すると、「それはいいですね。平和に遊ぶのは好きです」といって、ついてきた。

「遠野《とおの》には困らされたよ」

車中で、宮前《みやまえ》がからかうようにいう。

「私、丸一日付き合わされたんだから。水着選び。桐島《きりしま》さんはどういうのがお好みなんでしょう、って」

「そうなのか？」

俺がきくと、遠野《とおの》は「知りません」と、ぷいと横を向いた。そこから遠野《とおの》はすねた顔で、ずっとスマホをいじったり、窓の景色を眺めていたりした。しかし、しっかりと俺の腕を抱き込むことだけは忘れなかった。俺はそんな遠野《とおの》が、とてもかわいらしいと思う。

やがて車が高速をおり、海岸通りにでる。

真っ青な空の下、海と山の境界を、道はどこまでもつづいていた。

目的地に着いたのは昼過ぎだった。

白い砂浜と果てなく広がる青い海をみて、遠野《とおの》と宮前《みやまえ》は大はしゃぎし、車を止めると同時に海に駆けだしていく。

俺も車をおり、下駄《げた》を脱いで裸足《はだし》で歩いた。熱くやわらかい砂の感触が気持ちいい。

「俺は旅館に荷物を置いてくる」

大道寺《だいどうじ》さんはそういって、車で旅館に向かっていった。

「僕は水を買ってくるよ」

福田《ふくだ》くんは少し離れた海の家に向かって歩いていく。

俺はなんだか、少し落ち着いた気持ちになる。

遠野《とおの》と付き合いはじめて、なんだかアップテンポに毎日を過ごしていたけど、よく考えてみれば、夏ももう折り返しにきていた。

海からの風には、どことなく過ぎゆく夏の寂しさみたいなものが、含まれているように感じる。

「いいんじゃないでしょうか」

となりに立つ浜波《はまなみ》がいう。

「完全京都計画《パーフェクトプラン》、成功したようにみえます」

「そうかもしれない」

当初の予定とは全然ちがう形だが、みんなが笑っているというコンセプトは達成されたように思える。俺が幸せになってしまっている点が少しあれだが、自分の幸福を受け入れるということもとても大切なことなのだろう。

幸運すぎると、それに恐れを感じてしまう人は多い。俺もそのひとりで、自分がこんなに恵まれてしまっていいのかと思う。

こんなに素晴らしい仲間がいて、恋人がいる。

俺なんかが、いいのだろうか。

でもそれを疑ったり、自ら遠ざかったりしてはいけない。

誰しもが、自分が幸福になることを許す必要がある。

俺と浜波《はまなみ》は、しばらく、ぼーっと海を眺めた。

遠野《とおの》と宮前《みやまえ》はいつのまにか水着になっている。服の下に着ていたようだ。波打《なみう》ち際《ぎわ》で水をかけあって遊んでいる。

そんな二人の様子を、ただみていた。

そのうちに大道寺《だいどうじ》さんがビーチボールを小わきに抱えて戻ってくる。

「桐島《きりしま》さん、あなたはやり遂げたんです。いいじゃないですか、桐島《きりしま》エーリッヒ。みんなを幸せにする。もちろん、ホントのホントに全員なんて無理なんでしょう。けれど、少なくとも今ここにいる人たちを、桐島《きりしま》さんは幸せにできます」

「そのとおりだ。そして、俺も幸せだ」

「はしゃいじゃって、いいんじゃないですか?」

「だな」

俺は浜波《はまなみ》と一緒に、海に向かって走りだす。

服を脱げば、もちろん俺たちも下に水着を着ている。

波打《なみう》ち際《ぎわ》で、ボールをぽんぽんとまわして遊ぶ。やっぱり遠野《とおの》がうまくて、浜波《はまなみ》が罰ゲームで海に引き倒されて、「ずるいです!」と口から海水を、ぴゅーっとだす。

俺と遠野《とおの》が目をあわせて、くすっと笑う。

そのうちボール遊びにあきて、大道寺《だいどうじ》さんがバナナボートに空気を入れる。浜波《はまなみ》と宮前《みやまえ》が一緒に乗って、大道寺《だいどうじ》さんが紐《ひも》を持ってボートを引っ張っていく。

俺と遠野《とおの》は浜辺に座って、そんな様子を眺める。

白いわたあめみたいな雲が、青い空を流れていく。

遠野《とおの》の楽しそうな横顔。

夏はもうすぐ終わる。そしたら秋がくる。

秋には一緒に紅葉をみにいこう。もちろん秋の食事は美味《おい》しいから、ふたりで食い倒れたっていい。

冬はクリスマスに年末年始、やることが盛りだくさんだ。楽しそうな遠野《とおの》の顔がもう思い浮かぶ。京都にいるから初詣にいく場所にはことかかない。

春になったら桜をみる。桜が満開になった哲学の道を一緒に歩こう。そうだ、嵐山《あらしやま》のトロッコがある。鉄道好きの遠野《とおの》はきっと喜んでくれる。

そして春が終わったら、また次の夏がくる。そうやって遠野《とおの》との季節が巡っていくのだろう。

なんて考えてたら、遠野《とおの》が足に砂をかけてくる。

「相変わらずイタズラっ子だな」

「ぼ〜っとしてるからです。なにを考えてたんですか？」

「遠野《とおの》と一緒に、来年の夏はどこにいってなにをしようか考えていた」

俺がいうと、遠野《とおの》は照れた顔をする。そして恥じらいながらいう。

「そうですね。来年も、再来年も、その先も、いっぱいいっぱい考えておいたほうがいいですね……私たちはこれから、ずっと一緒にいるんですから……」

遠野《とおの》はひざを抱えたまま、もぞもぞと砂の上を動いて、ちょっとずつ俺に近づいてくる。遠《とお》野《の》の考えていることはなんとなくわかるが、俺も照れてしまって、ごまかし半分でいう。

「福田《ふくだ》くん、遅いな」

「大丈夫ですよ。桐島《きりしま》さんとちがって、しっかりしていらっしゃいますし」

遠野《とおの》の肩が、俺の肩にふれる。

それだけで、なんだか、あたたかい気持ちになる。

遠野《とおの》は俺と少しふれるだけで、嬉《うれ》しそうに笑う。普段はもっとくっつきたがりだが、旅先ではこの程度にしておくようだった。

俺と遠野《とおの》の、穏やかな時間。

きっと、これがずっとつづいていくのだと思った。

そのうちに、大道寺《だいどうじ》さんたちが浜にあがってくる。

「せっかくだから五人みんなで遊べることしようよ」

宮前《みやまえ》がそういうので、なにしよっか、と話す。

そのときだった。

「あ、福田《ふくだ》くん戻ってきた。こっちこっち！」

宮前《みやまえ》が手をあげる。

福田《ふくだ》くんは遠目にみてももじもじしていて、なにやら照れた様子だ。俺たちの近くまできても、地面ばかりみている。

「水を買いにいくといったんだけど、実は、完全に忘れてしまったんだ」

「福田《ふくだ》くんにしては珍しいミスだな」

俺がいうと、これには事情があって、と福田《ふくだ》くんは頭をかく。なにやら緊張するような出来事があったことはわかる。

「一体どうしたんだ？」

「実は、海の家で女の子に出会ったんだ」

みれば、離れたところに、水着の女の子が立っていた。福田《ふくだ》くんが海の家で話したところによると、このあたりの大学に通っているらしい。

「福田《ふくだ》くん、もしかして」

「ああ」

とても照れた表情でいう。

「ひとめぼれ、というやつだよ」

京都からきていることを説明し、一緒に遊びませんかと誘ったらしい。

「本当に申し訳ないんだけど、女の子もいるからって、そういう感じで話した。安心させたかったんだ。みんなに了承とらずに誘ってしまったんだけど……」

「全然いいよ！　そういうことなら手伝うからさ！　ね？」

宮前《みやまえ》がいって、遠野《とおの》がぐっとこぶしを握る。でも、遠野《とおの》はすぐに首をかしげる。福田《ふくだ》くんが遠野《とおの》への未練を断つため、無理をして他の子を好きになったといっている可能性がある。そのことに思いあたり、喜んだ顔をしていいものかと考えたのだろう。でも——。

「大丈夫」

福田《ふくだ》くんは力強くいう。

「本当に、あの子をみたときに胸がドキドキしたんだ。椅子に座って、寂しそうな目で海をみていた。そんな彼女を笑顔にしたい、笑顔がみたいって思ったんだ。心の底から。僕はあの女の子が好きだ」

「福田《ふくだ》が軽い男じゃないのはよくわかっている」

大道寺《だいどうじ》さんがいう。ここぞというときに背中を押す、頼りになる人だ。

もちろん俺もうなずく。

こうやって、俺たちは大人になっていくのだろう。

俺と遠野《とおの》もそのうち恋人でいることがとても自然になって、福田《ふくだ》くんも新しい恋をして、恋人をつくる。

「じゃあ、呼んでくるよ」

福田《ふくだ》くんが女の子のほうにいって、話をして、こっちに連れてくる。女の子は遠慮がちで、とても控えめな態度だ。福田《ふくだ》くんにとても似合う。

宮前《みやまえ》だってそのうち彼氏をつくるだろう。みんな、前に進んでいくのだ。

俺たちは安定して、どんどん穏やかになっていく。

大道寺《だいどうじ》さんはきっとロケットを打ち上げる。

俺たちは十年後、種子島《たねがしま》にいって、みんなでロケットの打ち上げをみるのだろう。今日この日を懐《なつ》かしむかもしれない。

社会人になっている俺たちはなにをしているだろう。

未来に想《おも》いを馳《は》せる。

となりに遠野《とおの》はいるのだろうか。

みんな、幸せでいてくれるだろうか。

多分、大丈夫。俺はもう大丈夫。

遠野《とおの》とずっと一緒にいて、みんなも幸せになる。

そんな未来を想像する。

でも――。

その想像は衝撃とともに中断した。

「みんな、紹介するよ」

福田《ふくだ》くんが連れてきた女の子。

あとからきいた話によると、彼女はこの海岸で、『海辺の女の子』と呼ばれているらしい。

夕方になると海岸にやってきては、ずっと海を眺めているのだという。とてもきれいな女の子で、どこか物悲しげな雰囲気が哀愁を誘うらしく、ちょっとした有名人らしい。

「名前は——」

きくまでもなかった。なぜなら、俺は彼女を知っていたからだ。

落ち着いて、大人びた雰囲気になっているけど、外見はそこまで変わっていない。

肩までの髪。

少し困ったような笑顔。

俺の青春の残像。

砕け散った恋の欠片《かけら》。

早坂《はやさか》さんだった。

◇

不思議な光景だった。

早坂《はやさか》さんが遠野《とおの》たちと一緒に遊んでいる。

宮前《みやまえ》がいたずらっぽい顔で水をかけ、早坂《はやさか》さんが口をふくらませてやりかえす。遠野《とおの》が早坂《はやさか》さんに抱きついて、ふたりで笑いながら海のなかに倒れ込む。

「とても微笑《ほほえ》ましい光景なのに、なぜでしょう、こんなにも胸が騒ぐのは」

浜波《はまなみ》がいって、「大丈夫だ」と俺はこたえる。

「心配しているようなことは起こらない」

早坂《はやさか》さんがなにを考えているのかはわからない。でも、さしあたり俺のことを知らないふりでとおすつもりのようだった。

福田《ふくだ》くんに連れてこられてきたときは、俺をみて少しだけフリーズした。そんな早坂《はやさか》さんの視線を追って、宮前《みやまえ》がいった。

「あ、これ？　気にしないで」

早坂《はやさか》さんが俺と遠野《とおの》の距離感に注目している。宮前《みやまえ》はそう思ったらしい。

「最近、付き合いはじめたばっかりでさ。私なんて毎日みせられてるんだから」

「そうなんだ……」

早坂《はやさか》さんはとても自然に笑いながらいった。

「おめでとう。ふたりとも、お似合いだね」

「あ、ありがとうございます！」

遠野《とおの》は照れていた。そして女子同士でさっそく仲良くなり、遊びはじめたのだ。その様子をみながら、浜波《はまなみ》がいう。

「知らないふりをするのは、遠野《とおの》さんと、現在の桐島《きりしま》先輩への配慮ですよね」

「だろうな」

早坂《はやさか》さんのスタンスは容易に想像がつく。

俺と遠野《とおの》のジャマはしない、ということなのだろう。

早坂《はやさか》さんは俺と絶妙な距離感を保ったまま接した。愛想《あいそ》はいいし、笑いかけてもくれる。会話も、誰かが俺について話をすると、それにこたえる。でも――。

「へえ～、そうなんだ。桐島《きりしま》くんは釣りが得意なんだ」

「ああ、最近は捌《さば》くのもうまくなってきた。フライでも塩焼きでも、なんでもできる」

「それはすごいね」

そこに早坂《はやさか》さんの感情は込められていなかった。ただの相づち。どこまでも他人で、俺は数いるうちのひとりでしかなかった。あのころにあった、特別な親しみはどこにもない。

『このまま、なにも話さずにバイバイしよ』

そんなメッセージが伝わってきた。

それがいいのはわかっている。俺にはもう遠野《とおの》がいるし、早坂《はやさか》さんだって俺の知らない時間を過ごして、もうあのころとは決定的にちがうのだ。

とてもナチュラルに知らない人のふりをする早坂《はやさか》さん。

あんなに一緒だったのに、再び出会って、思い出話のひとつもしない。

少し、物悲しい。

「ダメですよ」

俺が早坂《はやさか》さんをみつめていると、浜波《はまなみ》が小さな声でいう。

「遠野《とおの》さんは素敵な人です」

大丈夫だ、と俺はこたえる。

「俺も、もう大人だ。そして、早坂《はやさか》さんも」

高校のころのままだったら、早坂《はやさか》さんはそのポンコツぶりを発揮して、遠野《とおの》の前であれこれボロがでていたかもしれない。「桐島《きりしま》くんラップしてよ」とかいって、遠野《とおの》が、「なんで桐島《きりしま》さんがラップできるって知ってるんですか？」となったり。でも、今の早坂《はやさか》さんはそんな失敗をする空気を一切持っていなかった。

「桐島《きりしま》くんも東京出身なんだ。じゃあ、どこかで会ってたかもね」「へえ、大学でそんな勉強してるんだ。すごいね」「あはは、桐島《きりしま》くんって面白いね」

次々とならべられる、うわべだけの言葉。

まるで、早坂《はやさか》さんの抜け殻と会話しているようだった。

でも、これでいいのだろう。俺たちは今を生きていて、過去の出来事でそれを壊したりするべきではないのだ。

遠野《とおの》だけじゃない。福田《ふくだ》くんだっている。福田《ふくだ》くんは、遠野《とおの》をあきらめた。そして次に好きになった女の子さえも、俺とかつて浅からぬ関係だったと知れば、今度こそ俺たちの関係は修復不能なものになるかもしれない。

このまま早坂《はやさか》さんとは他人のふりしてさようなら。

連絡先も交換しない。

近況の報告もしない。

今回の海での出来事は、過去のふたりが偶然すれちがっただけ。

そういうこと。

「早坂《はやさか》さんってすごいね」

宮前《みやまえ》が小声でいう。

浜波《はまなみ》を砂に埋めていたときのことだ。浜波《はまなみ》はもう顔と足しかみえない状態になっている。

「私もそれなりにあるつもりだけど……」

宮前《みやまえ》の視線は早坂《はやさか》さんの胸に注がれていた。遠野《とおの》ととなりあって、浜波《はまなみ》に砂をかけている。

仲良く肩をならべてるものだから、時折、ふたりの胸があたって形が変わっていた。どちらも同じくらいの大きさだった。

「え、えっちすぎるばい！」

宮前《みやまえ》がばんばんと目の前の砂山を叩《たた》く。

浜波《はまなみ》が「ぐえぇ……」とうめいた。

早坂《はやさか》さんはかつて、自分の体を男からそういう目でみられるのが好きじゃなかった。でも今、自分から水着を着ている。福田《ふくだ》くんに誘われてバナナボートにふたりで乗ったりもした。そのとき、早坂《はやさか》さんは福田《ふくだ》くんの肩をしっかりさわっていた。浜からみていたが、胸もあたっていたようにみえる。

俺たちから離れているとき、他の男のグループに声をかけられていた。俺は一瞬、助けにいかなければ、と思った。高校のときのように、早坂《はやさか》さんが困ってしまうと思ったのだ。

でも、早坂《はやさか》さんは笑顔で少し話したあとで、円満にその男のグループと別れた。うまくあしらったようだった。

俺の知らない、大人になった早坂《はやさか》さん。

それから俺たちは二チームに分かれて、ビーチバレーをした。最初、グーとパーでチーム分けをしたときは、俺と早坂《はやさか》さんは同じチームだった。でも——。

「遠野《とおの》さんは桐島《きりしま》くんと同じチームになりなよ」

早坂《はやさか》さんはとてもフラットにそういった。そして俺と遠野《とおの》が同じチームになり、早坂《はやさか》さんは福田《ふくだ》くんと同じチームになって、ハイタッチをしていた。

俺がレシーブしようとしてずっこけたときは、ネットの向こう側から声をかけてくれた。

「大丈夫？」

ステレオタイプなやさしさ。

「痛いなら、無理しないほうがいいよ」

心配している態度を表明する定型句。

俺も、「ありがとう」と言葉をかえす。なんて中身のないやりとりだろうか。

早坂《はやさか》さんの、本当の言葉を知りたい。

早坂《はやさか》さんの、本当の感情を知りたい。

早坂《はやさか》さんの、俺の知らない時間を教えてほしい。

そう、思ってしまった。

でも、それをすることにどれほどの意味があるのだろう。それをすることで、どうなるというのだろう。

時計の針も進み、周りにいる人たちも変わってしまっているというのに。

俺は自分の理性にいいきかせる。今さら早坂《はやさか》さんと答え合わせをすることに意味はない。

遠野《とおの》や福田《ふくだ》くんを傷つけるだけだ。

それに、本当の感情を知りたいと俺はいうけれど、早坂《はやさか》さんの俺に対する感情の全てがこれなのかもしれなかった。早坂《はやさか》さんだっていろいろあって、前に進んでいるのだ。

「さて——」

浜波《はまなみ》がいう。ビーチバレーのあと、夕食に向けて釣りをしようというときのことだ。

「どうやら浜波《はまなみ》警察の出番はなさそうですが、一応、交通整理だけはさせていただきます！」

そういって、テキパキと指示をだす。

早坂《はやさか》さんと福田《ふくだ》くんが浜の東、テトラポットのあるところで穴釣り。

浜波《はまなみ》と宮前《みやまえ》、あと大道寺《だいどうじ》さんが浜の中央で投げ釣り。

俺と遠野《とおの》が浜の西にある岩場で磯釣《いそづ》り。

浜波《はまなみ》の交通整理とは、つまりはそういうことだ。これなら、俺と早坂《はやさか》さんが離れているから、事故を起こすことはない。

そう、これでいいのだ。

俺は釣り具を持ち、歩いて、人気のない岩場に向かう。手ごろな場所をみつけて、仕掛けをつくる。そのときだ。

「あの……桐島《きりしま》さん」

おずおずと、遠野《とおの》が声をかけてくる。

「私の水着はどうでしょうか……」

どことなく不安そうな表情。

「あ、ごめん……」

俺は思わず謝ってしまう。

多分、遠野《とおの》が本当にいいたいことはそういうことじゃない。

遠野《とおの》は気づいているのだ。俺の視線が、早坂《はやさか》さんを追ってしまっていることを。でもそのことをストレートにいうことはできなくて、私はどうでしょうか、という言い方をしたのだ。

俺が早坂《はやさか》さんを目で追うことで、遠野《とおの》が弱気になる理由はわかっている。俺と早坂《はやさか》さんの過去に気づいているとかそういうことじゃない。

ふたりが抱える問題。

俺たちはまだ、彼氏彼女が普通するようなことをできないでいる。

何度かそういう行為をしようとした。でも、どうしても俺の体が反応できなかったのだ。俺はいつも謝った。遠野《とおの》がわるいわけじゃない。

『大丈夫ですよ』

そのたびに、遠野《とおの》はやさしくいうのだ。

『私は桐島《きりしま》さんに抱きしめてもらうだけで、すごく幸せなんです』

もちろん原因は全て俺にあった。過去の出来事による精神的なものか、数年にわたる禁欲生活の後遺症か。いずれにせよ、そういった事情でできない可能性があることは伝えていた。

遠野《とおの》に落ち度はない。

でもどれだけ頭でそう理解していても、彼氏が自分の体ではそういう気持ちになれないのではないかという不安は残る。

行為ができずに抱きあって眠るだけの夜を繰り返すうちに、そんな遠野《とおの》の不安が少しずつ大きくなっていることは伝わってきていた。遠野《とおの》が俺にくっつきたがる習性も、どう考えても、その不安の裏返しだった。

遠野《とおの》は今、長い時間をかけて選んだという水着を着ている。柄はとてもかわいらしいが、かなり肌がみえる、遠野《とおの》には少し似合わないくらいの過激なデザイン。俺をそういう気持ちにさせたくて、がんばって着ている。

なのに、俺は早坂《はやさか》さんばかりに気をとられていた。そんな俺の視線を追って、遠野《とおの》は、自分に魅力がないかもしれないという一抹の不安をさらに大きくしてしまった。

「ちがうんだ」

俺は少し考えていう。

「福田《ふくだ》くんがうまくいくか気になって、ついつい」

それをきいて、遠野《とおの》が顔を赤くする。

「あ、そういうことですか。そうですよね、友だち想《おも》いの桐島《きりしま》さんはそうですよね。私は少し恥ずかしい勘ちがいをしていたようです」

遠野《とおの》は体を小さくして、申し訳なさそうな笑顔をつくっていう。

「もしかしたら、私はちょっぴり独占欲の強い女の子なのかもしれません」

遠野《とおの》の思ったことは、勘ちがいではない。

俺はたしかに、早坂《はやさか》さんのことで頭がいっぱいになってしまっていた。

なにをしているんだ、と思う。

こんなにかわいい彼女がいて、俺のせいでそういう行為ができないのに、さらに不安にさせてしまって。

俺が今しなければいけないことは、俺が本当に遠野《とおの》のことが好きで、遠野《とおの》が魅力的な女の子であるということを、本人に伝えることだった。

「水着、すごくいいよ」

「……いざ、まじまじとみられると……は、恥ずかしいです……」

身をよじる遠野《とおの》。

でも、恥ずかしさを乗り越えて、少しおどけたような、すねた口調でいう。

「今日は、ずっとみんなと一緒でしたね」

「そうだな」

「今は、ふたりきりですね」

「ああ」

「ここには誰も、いませんね！」

遠野《とおの》がジトッとした目でみてくるものだから、俺は釣《つ》り竿《ざお》を置いて、歩みよる。肩に手を置くと、遠野《とおの》はあごをあげて、ぎゅっと目をつむった。

まだ、あまり慣れていないのだ。でも――。

何度かくちびるを重ねるうちに、遠野《とおの》の体からだんだんと力が抜けてくる。頬がほんのり赤くなって、ぼうっとした顔になって、口を半開きにしたまま、ねだるような目で俺をみる。

俺は舌を遠野《とおの》の口のなかに入れる。遠野《とおの》はこれをされるのが好きだ。おそらく代償行為なのだろう。俺が遠野《とおの》の口のなかを蹂躙《じゅうりん》しているとき、彼女はずっと、とろんとした顔になって湿った吐息を吐きつづける。そして俺が舌を抜こうとすると、もっと、もっと、というように、俺の舌を強く吸ってつかまえる。

舌を吸われながら出し入れするうちに、遠野《とおの》の肌が紅潮していく。

「抱きしめて……ほしいです……」

俺は遠野《とおの》を抱きしめる。汗ばんだ肌と肌がふれあう。遠野《とおの》はまたキスをねだりながら、熱い体を押しつけてくる。

「あの……桐島《きりしま》さん」

遠野《とおの》が俺の首すじに顔を埋めながら、消え入りそうな声でいう。

「私は……さわってもらえるだけで、本当に幸せです……それに、そういうことをしてたら、桐島《きりしま》さんもできるように……なるかもしれませんし……」

思わず漏れた遠野《とおの》の本音。

「それとも、やっぱり私では――」

俺は遠野《とおの》の胸に手をあてた。水着の布からこぼれ落ちそうなそれは、俺の手にも余るくらいだった。適度な重量感。持ち上げて、少し力をくわえれば、やわらかさに指が沈む。

遠野《とおの》が、息を吐きながらしがみついてくる。

俺は遠野《とおの》を不安にさせたくなかった。遠野《とおの》はなにもわるくない。とても魅力的だ。胸はとても豊かで、運動しているからウエストは引き締まっている。今も背中のラインから腰にかけての曲線が煽情的《せんじようてき》だ。

遠野《とおの》に伝えたかった。

俺はちゃんと魅力を感じているし、ちゃんと好きだ。

だから遠野《とおの》の腰を抱き、キスをしながら、強く胸をさわる。遠野《とおの》が安心して、甘えるような顔つきになってくる。しかし――。

その数秒後、俺は遠野《とおの》の肩をつかんで思い切り体を離していた。

「え、なんで――」

遠野《とおの》は戸惑い、ひどく傷ついた顔をする。

「なんで、やめちゃうんですか。やっぱり私が――そんな――」

「いや、そうじゃないんだ」

そういう俺の視線の先には――。

早坂《はやさか》さんがいた。

「ご、ごめん。遠野《とおの》さん、これ忘れてたから」

それは水着の上に着る、白いパーカーだった。

「日焼けしたらイヤかなって思って持ってきたんだけど、なんかジャマしちゃって……」

「い、いえ、これは私がわるいというか、なんというか」

遠野《とおの》は顔を真っ赤にして、目をグルグルさせはじめる。

「ちょっと私、頭冷やしてきます!」

早坂《はやさか》さんからパーカーを受けとると、そのまま海の家のほうへと歩いていってしまった。

無防備なところをみられて、恥ずかしかったのだろう。

そして——。

早坂《はやさか》さんとふたりきりになる。

俺たちは少しのあいだ黙ったまま、視線を交わす。

なんだか、静かで落ち着いた空気。

ふいに、早坂《はやさか》さんが口を開いた。

「ダメだよ、あんなふうに突き放しちゃ」

そして、あの、困ったような笑顔でいう。

「遠野《とおの》さんが、かわいそう」

それだけいうと、早坂《はやさか》さんは遠野《とおの》のいったほうに歩いていった。きっと、気まずいシーンをみてしまったことについて、フォローを入れるのだろう。

俺はその場に立ち尽くしていた。

早坂《はやさか》さんの笑顔と、言葉がリフレインする。高校のときに何度もみた、あの笑顔。そしてさっきの言葉には、たしかに早坂《はやさか》さんの感情が宿っていた。

俺には遠野《とおの》がいる。本気で好きだし、大切にしたいと思っている。なにより、沈んでいた俺を救ってくれたのは遠野《とおの》なのだ。

けれど――。

早坂《はやさか》さんがほんの少し。

かつてと同じ顔をみせるだけで。

俺は、くるおしいほどに心かき乱されるのだった。

◇

夜、浜辺で釣った魚を焼いている。

意外にも一番の釣果《ちょうか》をあげたのは初心者の浜波《はまなみ》だった。まさかのヒラメを釣ったのだ。宮《みや》前《まえ》にきいたところによると、浜波《はまなみ》は、「うぉぉぉぉ！」とノリノリで釣《つ》り竿《ざお》をふってかなり遠くに針を落とし、「おりゃりゃぁぁ！」とヒラメを釣りあげたらしい。

「ヒラメが食べたいんですか？　仕方ないですねえ。当然、私は狭量《きょうりょう》な人間ではありませんから、お分けしますともお分けしますとも。とりあえず浜波様《はまなみさま》とお呼びなさい」

ふざける浜波《はまなみ》。

みんな、笑っている。

ぱちぱちと火の粉を散らす炭火と、寄せては返す波の音。

空は満天の星で、声をあげれば、それが宇宙まで届きそうだった。

「早坂《はやさか》さんの女子力が高すぎる……」

宮前《みやまえ》が感心しながらいう。

「なんでそんなに料理できるの？」

「う～ん」

早坂《はやさか》さんは静かに微笑《ほほえ》み、ちょっとだけ考えるような間を空けてからいう。

「まあ、ひとり暮らししてると、料理できると便利だし」

ヤマメ荘で魚を焼くとき、俺たちはいつも塩焼きかフライにしている。

しかし早坂《はやさか》さんはいっぱい魚が釣れたのをみて、一度自分の家に帰り、オリーブオイルや薄力粉なんかの調味料をたくさん持ってきた。そして俺と大道寺《だいどうじ》さんが捌《さば》いた切り身を、ホイル焼きにしたり、バター醤油《しょうゆ》と小麦粉でソテーにしたり、様々な料理にしてくれたのだった。

食事が終わると、大道寺《だいどうじ》さんに流木を集めるようにいわれた。

ひとかかえ持ってくると、大道寺《だいどうじ》さんは器用に火をおこした。そして、みんなで焚火《たきび》を囲み、お酒を飲んでいる。

「私も少しだけ飲もうかな」

早坂《はやさか》さんがビールの缶に手を伸ばしたとき、俺はその手元をみつめた。早坂《はやさか》さんとビールについては多少、思うところがある。

早坂《はやさか》さんは俺の視線に気づいていた。けれど目をあわせることもしなかった。

『桐島《きりしま》くんは知らないんだよ。なにも、わかってないんだよ』

そう、いわれているような気がした。

早坂《はやさか》さんはゆっくり、ごく自然にビールを飲んだ。早坂《はやさか》さんはもう、落ち着いてビールを飲めるのだ。ほんのり顔を赤くして、少しは酔っているのかもしれない。けれど、お酒に飲まれることはない。

それを寂しいと思うのは、ずいぶん感傷的で、自分勝手なことだろう。

焚火《たきび》の向こうで、福田《ふくだ》くんと話をしている早坂《はやさか》さん。

「よかったら、明日も一緒にどうかな」

福田《ふくだ》くんが一生懸命誘っている。

「それとも、こういうのは迷惑なのかな」

「ううん、そんなことないよ」

早坂《はやさか》さんはやさしく笑いかける。

「福田《ふくだ》くんと話してると、なんだか落ち着くし」

「よかった。僕はその、こういうのよくわからないから」

「いい人なんだね」

京都に遊びにきてみないか。興味あるよ。ふたりはそんな話をしていた。

ゆらめく炎のこちらから、それをみていることしかできなかった。

早坂《はやさか》さんはとても社交的で、落ち着いていて、男をあしらうこともできて、お酒だって飲める女の子なのだ。

シンプルにいうと、俺を必要としていなかった。

そのことを、ずっと伝えようとしているようだった。

高校のときみたいに、俺が助けに入ったり、フォローしたり、励ましたりすることを求めていない。

『もう、そういうのじゃないから』

そう、いっているようだった。

さっき言葉を交わしたとき、俺は早坂《はやさか》さんに高校のころの面影をみて、本当の言葉と感情をきいたと思った。

でもそれは、ずいぶんセンチメンタルな思い込みだったのかもしれない。

俺は炎に照らされる早坂《はやさか》さんの横顔をみながら、飲みつづけた。どれだけ飲んでも酔えなかった。

やがて、炎は消えた。

後片付けをしていざ旅館に戻ろうとなったとき、早坂《はやさか》さんの姿がないことに気づいた。

もう帰ったのかな、ちょっと待ってみよう、という話になったが、俺は散歩がてら、ひとり探してみることにした。

少し歩くと、砂浜に座っている早坂《はやさか》さんをみつけた。

白い月の下、水着のまま夜の海をみつめている。

まさに海辺の女の子、という感じだった。

俺はとなりに立つ。

「なにしてるの？」

早坂《はやさか》さんは海をみたまま、こたえる。

「少し、酔いをさましてから帰ろうと思って」

そのまま、俺も一緒に夜の海を眺めた。交わすべき言葉、交わしたい言葉というものがあったのかもしれない。けれどそれは、時の波に全てさらわれてしまっていた。

途中、一度だけ早坂《はやさか》さんが口をひらいた。

「明日は雨だよ」

俺が今朝みた天気予報では晴れだった。でも――。

「ずっとみてるから、わかるんだ」

早坂《はやさか》さんはここで多くの時を過ごしているのだ。この場所にいる俺は、早坂《はやさか》さんからすれば異邦人なのかもしれない。

俺はただ早坂《はやさか》さんのとなりにたたずんでいた。

早坂《はやさか》さんの冷たい横顔からは、感情をうかがいしることはできなかった。

やがて遠野《とおの》の声が遠くからきこえてくる。俺を探しているのだ。

「早坂《はやさか》さんも、戻ろう」

俺がいって、早坂《はやさか》さんが立ちあがろうとする。けれどバランスを崩してしまい、抱きとめる格好になってしまう。

数年ぶりに、早坂《はやさか》さんの体にふれた。

時が、止まったみたいだった。

夜のしじまに、波の音。

「…………ダメだよ」

早坂《はやさか》さんがいう。

夏の夜、海辺で、温かい肌、早坂《はやさか》さんの鼓動。

でも——。

「……もう、いかなきゃ」

早坂《はやさか》さんはそっと体を押して、俺の腕のなかからでると、遠野《とおの》たちがいるほうへ歩いていった。一度もふり返らなかった。

そして次の日——。
早坂《はやさか》さんはあらわれなかった。

◇

夕方、帰りの車のなか、窓の外を眺めている。

往《ゆ》きとちがい、大雨で景色はほとんどみえなかった。大粒の雨がフロントガラスを叩《たた》き、ワイパーがせわしなく動いている。

ニュースによると、海上で急激に低気圧が発達したらしい。朝からずっと、嵐といえるほどの雨が吹きあれていた。

でも、俺たちはそれなりに一日を楽しめた。早坂《はやさか》さんが事前に、屋内でも楽しめるスポットを遠野《とおの》に教えていたからだ。ラーメンや海鮮丼など、食べるところばかりだったが、とりあえず食いしん坊の遠野《とおの》はご満悦だった。早坂《はやさか》さんと遠野《とおの》は気があうのかもしれない。

そして当の早坂《はやさか》さん自身は、待ち合わせにあらわれなかった。急用が入ったからいけない、と旅館の人が伝言をあずかっていた。朝早く、旅館の電話番号に連絡があったらしい。

そして誰も、早坂《はやさか》さんと連絡先を交換していなかった。

住んでる場所もきいていない。大学名も教えてもらっていない。

なんて寂しい再会だったのだろう。

顔をあわせて、「久しぶり」も、「さよなら」もいわずに、別々の道をいく。

でも、そういうものなのだと思う。

痛みは記憶になって、俺たちは今を受け入れていく。

少しかわいそうだったのは福田《ふくだ》くんだ。

「せめて大学名だけでもきいておけばよかった……」

大道寺《だいどうじ》さんが運転の休憩のために立ちよった、サービスエリアでのことだ。ベンチに座り、雨の景色を眺めながら、福田《ふくだ》くんはうなだれていた。

「でも、福田《ふくだ》くん積極的でよかったよ」

宮前《みやまえ》が励ます。

「旅行にくるまえより、なんか顔つきも大人になった……ような気がする」

「あ、うん、ありがとう。あと宮前《みやまえ》さん、人を励ますのが下手だね」

遠野《とおの》は食券機の前にいた。

「どれにするか悩みますね……」

「え？　ラーメンも海鮮丼もあんなに食べたのに？　ふと――」

俺は黙った。

遠野《とおの》が威嚇するクマのポーズをとったからだ。

「それでは、私はフランクフルトにします。小さいころから家族で旅行にいくときはサービスエリアで必ず食べていました。なぜだか旅先では美味《おい》しさが倍増するんです」

遠野家《とおのけ》の習わしにしたがい、俺たちは五人で横並びになってベンチに座り、フランクフルトを食べた。なんだかその感じがおかしくて、笑ってしまう。

「みんなで食べた記念に写真撮ってもらおうよ」

宮前《みやまえ》がはしゃぎながらいう。

「たまに子供っぽくなるよなあ」

「いいじゃん、別に」

宮前《みやまえ》はこの五人でいることをかなり気に入っているみたいだった。それは俺も同じだ。人には安心できる場所というものが必要なのだ。

家族連れのお父さんに頼んで、写真を撮ってもらった。

とぼけた顔でフランクフルトをかじる五人は、なんだかポップでいい感じだった。

こうやって、俺は京都で遠野《とおの》たちと早坂《はやさか》さんのいない日常を過ごす。早坂《はやさか》さんはあの海と山の境界の街で俺の知らない時間を過ごす。

そして、それぞれが、それぞれの場所で幸せになっていくのだろう。

「桐島《きりしま》にも画像送っといたからね」

宮前《みやまえ》がそういったところで、俺は気づく。

「どうしたの？」

「スマホ忘れた。多分、お土産買ったとき」

「え？　高速乗る前でしょ、それ」

店に連絡してみると、たしかにスマホの忘れ物があって、あずかっているという。

「困ったな。レンタカー返す時間があるし」

大道寺《だいどうじ》さんがいって、俺は、「いいですよ」とこたえる。

「ここから近くの駅にいけるみたいですし、電車でいきます。みんなで先に帰ってください」

電車の本数が少なくて不便だが、夜遅くにはヤマメ荘に戻れそうだった。

「そうか。風も強いし、気をつけろよ」

番傘じゃ心もとないだろうと、大道寺《だいどうじ》さんが風に強いというセラミックの傘をかしてくれる。

俺がそれをさして駅に向かおうとしたときだった。

遠野《とおの》が傘のなかに入ってきていう。

「あの、桐島《きりしま》さん」

「なに？」

「私、今日はずっと桐島《きりしま》さんにさわるの、我慢してます」

抱きあっているところを早坂《はやさか》さんにみられて、反省しているのだ。

「その……それで……」

遠野《とおの》は頭から湯気がでるんじゃないかというくらい顔を赤くしながら、か細く、消え入りそうな声でいう。

「すごく我慢しているので……今日、帰ってきたら……そのまま私の部屋にきてほしいです。いつもの、仲良しなこと……したいです」

それだけいうと、逃げるように傘からでていった。

駅で小一時間ほど待っていると、電車がきた。乗客はほとんどいない。単線だし、強風で徐行運転でもあったので、なかなか進んでいる感じがしなかった。

海の近くの土産物屋さんに着いたときには、すっかり日が暮れていた。俺は礼をいってスマホを受けとると、駅に向かった。

ひとつしかないベンチに座って、帰りの電車を待つ。どんどん雨脚は強くなる。そのうちに、駅員さんが近づいてきて、運行停止になったことを告げられた。

それでも運転が再開するのを待った。けれど、一時間、二時間と経《た》っても運転再開の見込みはたたなかった。

さすがにもう帰ることはあきらめ、一泊する場所を探さなければいけない時間になっていた。けれど、都会ではないのでマンガ喫茶やカプセルホテルなんかはない。

泊まっていた旅館に電話してみたけれど、満室だという。俺と同じく、帰るに帰れなくなった観光客がそこかしこの宿泊施設に空き部屋を問いあわせているらしい。

どうやら寝床は確保できなそうだ。

駅の出入り口、屋根の下で立ちつくす。

夏だから、ここで夜をあかしてもいいし、スマホで検索すると十キロほど先の国道にカラオケ店があるようだから、雨のなかそこまで歩いていってもいい。

けれど問題なのは、明日の朝に必ず電車が動いているという保証がないことだった。

さて、どうしたものかと考えていたそのときだ。

きれいな色の傘をさした人が、駅前の道を歩いていた。彼女は俺をみて、足を止める。

早坂《はやさか》さんだ。

「桐島《きりしま》くん、なんでいるの？」

「忘れものをして、戻ってきたんだ。そしたら電車が止まってしまって、泊まるところもない」

「そう」

早坂《はやさか》さんは無感情にいうと、また歩きだし、俺の前を通りすぎていく。

けれど――。

数歩進んでから、こちらをふり返る。

「……バカ」

小さな声でいったあと、もう一度、泣いているような、笑っているような、感情のあふれだした顔でいう。

「桐島《きりしま》くんのバカ！」

そのとおりだ。俺は大バカ野郎だ。

なにがあっても、戻ってくるべきじゃなかった。連絡先もわからないまま、なにも知らないまま、夏の残像にしてしまうべきだった。

なぜなら――。

夜の浜辺で早坂《はやさか》さんがこけそうになって、俺が抱きとめた。あのとき、早坂《はやさか》さんは俺の腕のなかからすぐに離れていった。

でもその前の数秒間。

『…………ダメだよ』

そういいながら、早坂《はやさか》さんは俺の背中に手をまわし、俺を強く抱きしめていた。そして、俺も早坂《はやさか》さんを抱きしめかえしていた。

俺は、自分がかつての恋を特別なものにしたいから、新しい恋をしないようにしていたと結論づけていた。次の恋をしてしまうと、あのときの恋が数あるひとつになってしまいそうで、そうならないように、自分の感情にも目をつむって恋を拒否していた、と。

でも、そうじゃなかった。

早坂《はやさか》さんとの恋は本当に特別なもので、早坂《はやさか》さんは本当に特別な女の子だった。

数あるひとつの恋になるなんて、最初からありえなかった。
そして、早坂《はやさか》さんにとってもそれは同じことなのかもしれない。
傘を持つ早坂《はやさか》さんの左手には指輪があった。
それは——。
クリスマスの日、俺がディスカウントショップで買った、安物の指輪だった。

第8話　忘れていいよ

早坂《はやさか》さんがひとり暮らしをしている部屋は、こぢんまりとしたアパートの二階の一室だった。築年数はそれなりだが、ちゃんとエアコンもあるし、独立洗面台になっている。部屋に入れてもらったとき、暮らしが快適そうで、俺は安心した。

部屋のなかはいかにも早坂《はやさか》さんの部屋、という感じだった。カーテンやクッションがかわいらしく、でも、机の上には真面目そうな本が整然とならんでいる。

早坂《はやさか》さんは関西地方の公立大学の理系の学部に進学していた。大学のキャンパスはもっと都市部にあるらしいが、来年、配属になる研究室がこの近くにあるらしく、それを見越してここに住んでいるという。

かわいらしさと真面目さの同居した部屋。

「遠野《とおの》さんは私の連絡先、知ってるよ」

部屋に着いてすぐ、早坂《はやさか》さんはいった。

「教えてもらってない、っていってたけど……」

「女の子って、わかるんだよ。なんとなく、雰囲気で。この人とこの人、相性よさそうだなとか、そういうの。桐島《きりしま》くんには意識してほしくない、って思ったんじゃないかな」

あとで福田《ふくだ》くんには教えると思うよ、と早坂《はやさか》さんはいう。

「遠野《とおの》さん、勘がいいよね。黒くて長い髪も、ちょっと似てる。食べるのが好きなところとか、くっつくのが好きなところは私と同じだけど」

早坂《はやさか》さんはそこで笑っていう。

「ほんと、桐島《きりしま》くんは好きだよねえ」

「そういうつもりじゃないんだけどなあ」

「私、遠野《とおの》さんのこと好きだから」

それは早坂《はやさか》さんからの牽制球《けんせいきゅう》だった。

明日の朝、電車が動きだしたら京都に帰る。それまでの仮の宿、草枕、ということ。

「お客さん用の布団《ふとん》もあるから。あ、お母さんがきたときとか、女友だち用だよ？　男の人は泊まりにきたことないから、って……こんなこと桐島《きりしま》くんに説明する必要ないよね……」

せっかくだから少しだけ話そっか。

そういって、早坂《はやさか》さんは冷蔵庫から缶ビールを二本だしてテーブルに置いた。桐島《きりしま》くんは座ってて、といって、小さな台所に立って、なにかつくりはじめる。

しばらくして、机の上に置かれたのは、なすの煮びたしだった。

俺の好物、そして高校時代、早坂《はやさか》さんが練習していた料理。

お皿をだしたあとで、早坂《はやさか》さんは気まずそうに目を伏せ、ごまかすように缶をあけて、ひとくち飲んだあとでいう。

「桐島《きりしま》くんの話、きかせてよ」

俺は京都での大学生活を語った。

貧乏アパートで暮らしてること、釣りばかりしていること。今は旅先だから普通の格好をしてるけど、普段は高下駄《たかげた》に着流しで生活していること。

「遠野《とおの》さんの心が広すぎる……」

「え、早坂《はやさか》さんダメなの？」

「そんな格好、絶対許さないよ！ ていうか桐島《きりしま》くん、なんでメガネしてないの？」

「大学生になったから、ちょっと気分を変えようと思って……」

「なんだか色気づいた感じがしてヤだなあ！」

早坂《はやさか》さんは、ばし～ん！ と俺の背中を叩《たた》く。テンション高いな、と思ってみてみれば、早《はや》坂《さか》さんの顔が赤くなって、目がとろんとしている。

え？ もう酔ったの？ 海では平気だったのに？ この理性がビミョーな状況で？

なんて思うが、早坂《はやさか》さんが元気で俺は嬉《うれ》しい。

「遠野《とおの》さんとのこともきかせてよ～」

早坂《はやさか》さんが頬をつねって引っ張ってくる。完全に酔っ払いモードだ。

仕方なく、遠野《とおの》がマージャンで負けそうになるとクマのポーズで点棒を奪っていく話をすると、早坂《はやさか》さんは楽しそうに笑った。

「私もそれされたことあるよ～」

「え？　いつ？」

「浜辺で。『桐島《きりしま》くんとなにしようとしてたの～？』ってからかってたんだよね」

いちゃいちゃしてるところを、早坂《はやさか》さんにみられたやつだ。早坂《はやさか》さんはそれをネタに遠野《とおの》をいじっていたらしい。大学生になった早坂《はやさか》さんはなかなかイタズラっ子だ。

そして遠野《とおの》は顔を赤くして逃げ回っていたが、ついにクマのポーズで反撃してきたという。

「で、どうしたんだ？」

「私も負けないぞ～、って胸をば～ん！　ってやったら撃退できたよ！」

胸と胸をぶつけあったらしい。なにをやっているんだと思う。あと早坂《はやさか》さんが強い。

「遠野《とおの》さんはちょっとくらいからかわれてもいいんだよ。だって、彼氏とあんなに仲良しなんだから。どうせ京都に戻ったら……またいちゃいちゃ、するんでしょ？」

「そんな簡単じゃないんだって」

俺も酒の勢いにまかせていう。

「してないし、できないんだ、これが」

俺は自分がそういう体になって、遠野《とおの》と何度かしようとしてできなくて、遠野《とおの》が不安になっていることを早坂《はやさか》さんに打ち明けた。

「え？　ひとりでも……してないの？」

「ああ」

俺は禁欲的な生活を二年以上にわたってつづけたことを説明した。

「それでできなくなったって、自業自得《じごうじとく》じゃん！」

早坂《はやさか》さんは顔を真っ赤にしながらいう。

「え、ていうかなんでそんなことしたの？」

「なんとなく……そういうことを禁じることで、なにかしらあると思ったというか……」

「桐島《きりしま》くん、そういうとこあるよね！　よくないと思うなあ！」

そんな話をしながら、早坂《はやさか》さんはどんどんビール缶を空けていく。

「桐島《きりしま》くんも飲みなよ～！」

そういいながら、俺にもたれかかってくる。

「完全にからみ酒じゃん……」

「だって、他の人の前だと酔えないんだもん」

早坂《はやさか》さんはやっぱりいつでもそういう目でみられ、男はすぐに酔わせようとしてくるらしい。

「けっこう危ない場面もあったんだよ。酔わされて、いつのまにか電車のない時間になって、体さわられそうになってさ」

それは男の俺が経験することのない感覚。

「お金だけ置いて飲み屋からでて、マンガ喫茶で朝まで過ごしたりとか、何度もあった。いい人そうだったり、真面目そうで信頼できるって思った人が、そういうことしてくるんだ」

お酒に酔った早坂《はやさか》さんはほんのり赤くなって、なんだか体もやわらかくなってそうで、たしかに男を狂わせるような色気が感じられた。

「桐島《きりしま》くんが同じ大学に入って、ちゃんと彼氏として守ってくれたらよかったのにさ」

いったあとで、早坂《はやさか》さんが「はっ」とした顔をして、口をつむぐ。

「……ごめん、今のなし」

早坂《はやさか》さんは気だるげに目を伏せる。

「一回生のころの話だから。もう、大丈夫だから。桐島《きりしま》くんがいなくても全然平気だから」

でも、でた言葉は戻らない。

一瞬にして、雰囲気がしっとりしてしまう。俺たちはあれから少し成長して、状況によっては、相手に本心を伝えることが適切でない場面があることを知っていた。

そして今夜、俺たちはそういう芝居をしなければいけないのだ。

でないとまた、あのときのようなことになってしまう。

俺も早坂《はやさか》さんも、ちゃんとわかっている。

「もう、寝よ？」

それから交互にシャワーを浴びた。もう会話らしい会話はしなかった。これ以上言葉を交わしたら、核心にふれてしまいそうな気がしたからだ。

　俺が洗面所から戻ってくると、床に客用の布団《ふとん》が敷かれていた。俺はその布団《ふとん》に入った。早《はや》坂《さか》さんは髪を乾かすと、自分のベッドに入って電気を消した。

　このまま朝まで眠るだけだった。そして京都に戻ればいい。

　でも――。

　眠れなかった。早坂《はやさか》さんが少し動き、衣擦《きぬず》れの音を立てただけでそれが気になってしまう。嵐の夜に、男女がふたりきりでひとつの部屋にいる。

　相手は特別な女の子で、浜辺で抱きあった感触が残っている。もう一度それをすれば、高校のときのあの感情がよみがえりそうな気がした。

　でも、時計の針を戻してはいけない。

　そんな葛藤を抱きながら、無理やり目を閉じていたときだった。

　早坂《はやさか》さんがベッドから起き上がる気配がした。そして、俺の布団《ふとん》がめくられる。

「ごめんね、桐島《きりしま》くん、ごめんね」

　そういいながら、早坂《はやさか》さんが布団《ふとん》に入ってくる。

「なんでここにきちゃったの、なんで戻ってきちゃったの。なんで海辺で抱きしめたの。私、まだ桐島《きりしま》くんのこと忘れられてないのにさあ」

　背中に、早坂《はやさか》さんの感触。

「桐島《きりしま》くん、寝てるよね？　起きちゃダメだよ。桐島《きりしま》くんは今夜、ずっと寝たままで、なにも知らないんだよ」

早坂《はやさか》さんが後ろから抱きついてくる。

「これで最後にするから。もう会わないから……ちょっとだけ……」

湯あがりの体温。髪を乾かしているときの早坂《はやさか》さんを思いだす。火照《ほて》った顔、Ｔシャツの張った胸、白い太もも。

「ほんの少しだけ桐島《きりしま》くんを感じたら、それで終わりにするから。もう大丈夫だから」

俺たちは多分、同じだ。

「私ね、桐島《きりしま》くんが幸せそうでよかったって思ってるから。遠野《とおの》さんと付き合っていてよかったって、ホントに思ってるから」

過去を忘れようとして、前に進もうとしている。でも、まだどこか引きずっていて、互いにその感覚がわかってしまっている。

「桐島《きりしま》くん、遠野《とおの》さんとこんなふうにくっついても……できないんだよね。さっきは自分でしなくなったせいっていってたけど、私たちのせいだよね。さっき、桐島《きりしま》くんがシャワー浴びてるときに調べたんだ。できなくなるのって……精神的なものが大きいって……」

だから。

高校のころの感覚が戻ってくるように。

俺が遠野《とおの》とできるようになるように。

俺が早坂《はやさか》さんをちゃんと卒業できるように——。

「今から、お手伝いしてあげるね」

◇

下着姿の早坂《はやさか》さんが、後ろから抱きついている。俺も下着だけになっていて、温かく、なめらかな肌を背中で感じる。

あくまで、俺は寝たふりをしていた。服も、早坂《はやさか》さんが脱がせた。

「桐島《きりしま》くんは遠野《とおの》さんを裏切ったりなんかしてない。だって、寝てるから、なにも知らないから。私も、お手伝いするだけ……別に桐島《きりしま》くんのこと、今さらなんとも思ってないもん……」

あくまでこれは遠野《とおの》さんのため。だから——。

「ちゃんとルールつくるね。桐島《きりしま》くんは寝てるだけだから、なにもわからないと思うけど」

早坂《はやさか》さんは、ささやき声でいう。

一つ、俺は動いてはいけない。

二つ、キスはしない。

三つ、早坂《はやさか》さんがなにか口走っても、全部嘘《うそ》ってことにする。

「どういうことかわかるよね？　私が勝手にするだけ。今さら私たちが気持ちのままにしたら、いいことないもん」

早坂《はやさか》さんだって、とても悩みながらこの数年を過ごし、やっと手に入れた平穏なのだ。

「私ね、遠野《とおの》さんと桐島《きりしま》くんがうまくいってほしいんだ。ホントだよ」

早坂《はやさか》さんが俺の背中に口づけをする。キスをしないというのは口と口の話のようだ。

「遠野《とおの》さん、すごくいい子だもん。遠野《とおの》さんだったら、全然いいって思えるんだ」

早坂《はやさか》さんが抱きつきながら、体のあちこちをあててくる。下着を脱ぐつもりはないらしいが、太ももや腕だけでも十分やわらかく、なによりその抱きつきかたが愛情にあふれていて、俺は今すぐにでも向かい合って早坂《はやさか》さんを抱きしめたい衝動に駆られる。でも、俺の体が動きそうになると——。

「ダメだよ」

耳元で、吐息を吹きかけるように早坂《はやさか》さんがささやく。

「本当に、お手伝いするだけだから。ただそれだけ。私、桐島《きりしま》くんのこともう全然なんとも思ってないもん。最後に、少しするだけ……」

なんとも思ってない。そういいながらも、早坂《はやさか》さんは愛おしそうな手つきで俺の体をさわっていく。そのうちに正面にきて、鎖骨、胸、腹に口づけをしはじめる。俺の肌の上を、早坂《はやさか》さんの舌と、やわらかい手がすべっていく。

「桐島《きりしま》くん、ちゃんと興奮できてる？」

早坂《はやさか》さんは俺の手をつかみ、彼女の体のあちこちにあてる。やわらかくて、なめらかだ。

「私の体、みんな欲しがるんだよ」

そういって、俺に抱きついてくる。

「転校したあとも、大変だったんだから」

早坂《はやさか》さんは語る。

転校先は、都外の学校だったらしい。そこでもすぐに友だちができて、残り一年だったとはいえ、それなりに楽しい高校生活になったという。

「でも、男の子たちからのアプローチには困っちゃった。だって、すごく強引なんだもん。私、自信なくしてうつむいて歩いてたから、スキだらけにみえたみたい」

顔と体がすごくよくて、でも、弱気でおどおどしてそうな女の子。

思いどおりにできそう、とみえたのかもしれない。

「告白されて、断ったら逆上されて、女の子たちが助けてくれて。それで先生に相談したんだけど、その男の先生から毎日連絡がくるようになって……」

早坂《はやさか》さんはそのとき、もう自分を大切にしなくなっていた。それをするだけの精神力がなかった。だから、襲われる寸前までいってしまったらしい。

大問題になって、教師がひとり辞めて、早坂《はやさか》さんの周りは落ち着いたという。

「通学は大変だったな。長い時間、電車に乗ってたから」

いろいろ、あったのだろう。そして、大学生になって、飲み会やコンパでも苦労した。

「でもね、そのうちね、『閉じる』ことをおぼえたんだ」

海をみにいく。浜辺でたたずんでいると、男に声をかけられる。そういうときに、心をひどく哀《かな》しくて、寂しいところに落とし込むのだという。

「するとね、みんなどこかにいくんだ。誰も、寂しくて、寒くて、哀《かな》しいところにいたくないでしょ？」

早坂《はやさか》さんは、自分自身がそうなることができるようになっていた。

俺は浜辺で、空虚で、抜け殻のようになっていた早坂《はやさか》さんとの会話を思いだす。

「今は、『開いてる』よ」

桐島《きりしま》くんに会っちゃったから、と早坂《はやさか》さんはいう。

「ねえ、ちゃんと興奮してくれてる？　してくれないと、ちょっとヤだな。だって、この性格と、このルックスで、ずっと苦労してきたんだから。桐島《きりしま》くんは知ってるでしょ？」

早坂《はやさか》さんはまた俺の体にキスしながら、体のあちこちをあててくる。

熱い肌と、湿った吐息。

早坂《はやさか》さんが、もう人にみせなくなった、やわらかい心と体が、俺にふれていた。

「私、わかるよ。桐島《きりしま》くんも、同じように本当のことを押し込めてるんだよね。また頭でっかちにいっぱい考えて、ここまできたんだよね。それでいいと思うよ。でも、それで遠野《とおの》さんとできなくなってるんだよ」

だから──。

「高校のころの感じ、少しだけ思いだそ?」

早坂《はやさか》さんはいう。

「ねえ、制服の私を想像して」

俺は想像する。制服姿の早坂《はやさか》さん。屈託なく笑っている。

「桐島《きりしま》くんのこと大好きだった幼い私。今、いるよ。あのときのままで」

早坂《はやさか》さんは俺の手をつかみ、自分の体をさわらせる。頬、肩、お腹《なか》、太もも。もう、制服は着ていない。下着姿になっている。

「幼くてなにも知らない私はさ、桐島《きりしま》くんにさわってもらうだけで、肌と肌がふれあうだけで、こうなっちゃうんだよ」

俺の手が、そこに導かれる。布ごしにもわかるくらい、熱く、湿っていた。

「ねえ、桐島《きりしま》くんは私のこと、好きにできるんだよ。みんなが欲しがる体に、なんでもできるんだよ。それで、私は喜んじゃうんだよ」

早坂《はやさか》さんは俺に足をかけて抱きついてくる。俺のそこに、早坂《はやさか》さんのそこをあててくる。

「好きだよ、桐島《きりしま》くん……あっ、あっ……あっ……」

甘い吐息を漏らしながら、そこをこすりあわせ、さらに俺の肩や胸を舐《な》めはじめる。早坂《はやさか》さんの温かい肌に包まれながら、その体の感触が気持ちいい。

「桐島《きりしま》くんはね、私の深いところまできていいんだよ。入ってこれるんだよ。きっとね、すごく気持ちよくなれるよ」

早坂《はやさか》さんの吐息が近い。俺が少し動けば、キスできそうな距離だ。キスしながら、その汗に湿りはじめたやわらかい体を思いきり抱きしめたい。そんな衝動に駆られる。でも、俺の体が少しでも動きそうになると――。

「ダメだよ。桐島《きりしま》くんは寝てるんだから」

早坂《はやさか》さんはそういいながら、自分の体を使って、俺の体のあちこちに快感を与えてくる。

「ねえ、想像して。私の深いところまで入ってるところ。私のなか、気持ちいい？　私はすごく気持ちいいよ。ほら、下から桐島《きりしま》くんを抱きしめて、幸せそうな顔してる」

想像のなかの俺たちは、とてもゆっくり交わっていた。キスをしながら奥までいって、早坂《はやさか》さんが熱い吐息を漏らす。

「ほら、桐島《きりしま》くんがやさしくしてくれるから、もう私とけちゃいそうになってるよ。ねえ、もっとキスしてあげて。抱きしめてあげて。なにも知らなかった無垢《むく》な私を、愛してあげて」

早坂《はやさか》さんはしがみつくように俺を抱きしめながら、耳元でささやく。俺は思わず早坂《はやさか》さんを抱きしめようと動きそうになって、また、「我慢」といわれておあずけをくらう。

「胸、さわってあげて」

俺は想像のなかの早坂《はやさか》さんの胸の先端をさわる。と同時に、現実の早坂《はやさか》さんが俺の体に胸を押しあててくる。現実の早坂《はやさか》さんは下着をつけている。

「下着のなかの私の胸、どうなってると思う？」

俺はそれをたしかめたい。でも――。

「動いちゃだめ。思い浮かべるだけだよ」

早坂《はやさか》さんに快感を与えられ、動こうとして、とがめられ、我慢する。

そんなことをずっと繰り返した。

早坂《はやさか》さんの吐息が耳元にあたる。

「ねえ桐島《きりしま》くん、高校生の私、すごいことになってるよ。もっと欲しくて、恥ずかしがりながら腰浮かしちゃってる。桐島《きりしま》くんも気持ちいい？　気持ちいいよね？　もう奥まできてるもんね。でも、もっとしてあげて。狂っちゃうくらい喘《あえ》がせて、桐島《きりしま》くんのこと好きにさせてあげて。そしたら桐島《きりしま》くんも、もっと気持ちよくなれるから」

想像のなかの早坂《はやさか》さんは、本当に俺のことが好きで、こんなに抱きあっているのに、もっとひとつになりたくて、俺の背中の後ろで足を交差させながら、俺の舌を口のなかに導く。俺も、さらに奥にいこうとする。

「すごいね。幼い私、もういきそうになってる。あっ、桐島《きりしま》くん、あっ……」

今の早坂《はやさか》さんは熱い体でしがみつき、そこを押しあてながら、小刻みに震える。

「ほら、最後までしてあげて、そうだよ、あっ、やっ、あ——」

早坂《はやさか》さんは俺の背中に爪を立てながら、二、三度、大きく体を震わせた。

荒い息づかい。

「よかったね、桐島《きりしま》くん」

余韻に浸りながら、早坂《はやさか》さんはいう。

「これで、遠野《とおの》さんとできるね」

俺の体は——反応していた。

長らくなかった感覚。

欲情。

他の女の子では全然ダメだったのに、現在の早坂《はやさか》さんと抱きあいながら、高校生のころの早《はや》坂《さか》さんとすることを想像して、簡単にこうなってしまう。

認めたくはない。でも——。

俺の魂はまだ、あの時間にとらわれたままなのかもしれない。

「いいんだよ。これはきっかけだから。この感じを思いだして、遠野《とおの》さんとすればいいんだから。そのうち、遠野《とおの》さんだけでできるようになるから」

早坂《はやさか》さんはそういいながら、やはりとても愛おしそうに俺の体をなでる。

久しぶりの衝動に、俺はくるおしいほどに、早坂《はやさか》さんを抱きたい気持ちになっていた。早坂《はやさか》さんの体はできあがっていて、今すぐにだってできる。

「桐島《きりしま》くんの……すごい……」

俺のそれは、早坂《はやさか》さんのお腹《なか》の下にあたっている。

したかった。しようとすれば、早坂《はやさか》さんは、口ではダメというだろう。けれど強引にすれば、想像のなかのように喘《あえ》いで、とろとろになるのはわかっていた。熱くやわらかい体を抱きしめ、キスして、狂ったように好きにさせたかった。でも——。

「ダメだよ。私たちは我慢しなきゃダメなんだよ」

そういわれても、朝はまだ遠い。こうなった状態で、我慢できる自信なんてなかった。

だから——。

「もう少しだけしてあげるね。桐島《きりしま》くんが楽になるようにするから、ね？」

そういって、早坂《はやさか》さんはそっと俺を押して、あおむけにする。それから俺の上にまたがり、俺の下着をずらした。

早坂《はやさか》さんの濡《ぬ》れた下着にそれがあたり、俺は思わず腰を浮かせそうになる。

「ダメだよ。桐島《きりしま》くんは遠野《とおの》さんとするの。だから、じっとしてて。ルールは守ろ？　ね？」

そういって、両手でやさしく俺のそれを包み込みながら、動きはじめる。

「桐島《きりしま》くんの……わかる……熱い……」

早坂《はやさか》さんの下着から染《し》みだしたそれが水音を立てる。やわらかい手と、早坂《はやさか》さんの濡《ぬ》れたそこ、俺の劣情が、早坂《はやさか》さんにやさしく包まれている。

「これっ、桐島《きりしま》くんとホントにしてるみたいだね……」

下着から染《し》みだした早坂《はやさか》さんのそれで、なめらかに動き、粘着質な水音が立つ。

「桐島《きりしま》くん、全部してあげられなくてごめんね。これしかできなくてごめんね。でも、これで気持ちよくなってね。あっ……あっ……」

早坂《はやさか》さんから伝わってくるものは限りない愛情だった。そして、両手に力を込めて、俺を強く締め付ける。

「桐島《きりしま》くん、桐島《きりしま》くん、桐島《きりしま》くんっ――」

瞬間、腰が抜けそうなほどの快感が襲ってきて――。

俺は早坂《はやさか》さんの手のなかにだしていた。

しばらく、動けないほどだった。

静寂。

ふたりの息づかい。

その沈黙のなかで、多くの言葉を交わした気がした。

やがて――。

「よかったね。これで遠野《とおの》さんと最後までできるね」

早坂《はやさか》さんが明るい声でいう。

「もう大丈夫だね、私いなくても平気だね」

俺はなにもいえない。

「……ごめん」

早坂《はやさか》さんの声から明るさは消えている。そして、泣き笑いの調子でいった。

「私、まだ桐島《きりしま》くんのこと好きだ」

だから。

「今すぐ、京都に帰って。それで、二度と私の前にあらわれないで」

◇

夜明け前のもっとも暗い時間、車でヤマメ荘に向かっていた。

『京都に帰って』

そういったあとで、早坂《はやさか》さんは少し休み、服を着て、引きだしから鍵をとりだした。

「車、運転できるんだな」

「うん……雨もあがったみたいだし……送ってく」

早坂《はやさか》さんの車は、スズキのかわいらしい軽自動車だった。中古で安くなっているのを買ったらしい。ここでの暮らしや、都市部にある大学のキャンパスに通うのに使っているという。

「ていうか早坂《はやさか》さん、さっき飲んでなかった？」

部屋をでる前、それをいうと、早坂《はやさか》さんは気まずそうに目をそらす。

俺はテーブルに置かれた空き缶をみる。アルコールゼロパーセントだった。

「え？　ノンアルコールビールであんなに酔っ払った感じになってたの？」

「き、桐島《きりしま》くんだって、『ちょっと頭痛いかも』とかいってたもん！」

俺たちは思い込みの激しいタイプだった。

そんな感じで、京都へのドライブはスタートした。

「桐島《きりしま》くん、その手、なに？」

早坂《はやさか》さんがジトッとした目で俺をみる。信号待ちしているときのことだ。

俺は助手席に座りながら、正式名称アシストグリップといわれる、あの天井付近についている取っ手を強く握りしめていた。

「出発するときも、何度もシートベルト確認してたよね……」

「いや、それは普通の所作というか、なんというか」

「私、けっこう運転うまいんだよ！　教習所でも褒められたんだよ！」

そういわれても、どうしても俺のなかの早坂《はやさか》さんはポンコツで、そんな彼女が運転していると思うと、体が反射的にこわばってしまうのだった。

「も～オコッタ！」

早坂《はやさか》さんは法定速度いっぱいまでアクセルを踏み込んだ。

でも、そんなコミカルな雰囲気は最初だけで、すぐに俺たちは黙り込んでしまう。

夜の高速道路、等間隔にならんだライトが、前から後ろに次々と流れていく。

なんだか、ひどく寂しかった。

高速をおりて、川沿いの国道を走る。ほのかな夜景。あの光のなかで、みんな幸せに眠っているのだろうか。

コンビニ、バッティングセンター、カラオケ店。

このドライブが、ずっとつづけばいいのに。

なんて思ってしまう。けれど、同じ時間にとどまりつづけられず、俺たちは前に進んでいってしまう。

早坂《はやさか》さんと恋人になる未来があっただろうか。でも俺たちはあそこでピリオドを打って、全てを過去にしてしまう必要があった。

そして終わったものに引きずられることの歪《いびつ》さを、俺たちは直感している。

「私、わかるよ」

早坂《はやさか》さんがいう。

「桐島《きりしま》くんがいっぱい悩んで、遠野《とおの》さんと付き合うことになったたって」

早坂《はやさか》さんの横顔は、とても穏やかだ。

「私ね、考えたことあるんだ。桐島《きりしま》くんのこと探して、会いにいくの。あの海の街から、電車に乗ったり、バスに乗ったりして。それでね、まだ好きっていって、付き合って、ハッピーエンド」

でも、そんなことできるわけないよね、と早坂《はやさか》さんはいう。

「私と桐島《きりしま》くんが恋人になって、幸せになっていいはずないもん。あの子のこと考えたら、そんなのできないよ。だから私たちはね、バラバラでいるしかないんだよ」

早坂《はやさか》さんが、あえてださなかった名前。

そのとおりだ。俺と早坂《はやさか》さんがなにくわぬ顔で恋人になるなんて、できるわけない。

「私たちはそれぞれ幸せになるしかない」

だから――。

「桐島《きりしま》くんが遠野《とおの》さんと付き合ったのは、すごく正しくて、私はホント、ありがとうっていいたいくらいなんだよ」

早坂《はやさか》さんはそういって、あの困ったような笑顔をつくった。

それから俺たちはもうしゃべらなかった。

ヤマメ荘の近くまできたところで、車が止まる。

「この辺でいい？」

「ああ。ありがとう」

「……私、今、幸せだから」

早坂《はやさか》さんはいう。

「桐島《きりしま》くんのこと、全然好きじゃないから」

「うん」

「今夜いってたこと、全部嘘《うそ》だから」

「そういうルールだ」

「指輪してるのも、ただの男よけだから」

「わかった」

早坂《はやさか》さんはそこでハンドルを握った手の甲に額をつけて、顔を隠す。

「もういって……お願い……」

俺はなにか言葉をかけようとして、でもそんなことをすることに意味がないこともわかっていて、だから早坂《はやさか》さんの頭をなでて、ドアを開けて車外にでた。

ドアを閉める直前、早坂《はやさか》さんはいった。

もう、私のこと――。

「忘れていいよ」

◇

道を折れて、ヤマメ荘へとつづく私道に歩いていくと、桜ハイツの入り口の前にジャージ姿の遠野《とおの》が座り込んでいた。

「桐島《きりしま》さん！」

俺をみつけると、立ちあがって駆けよってくる。

「なんで……」

俺が驚いていると、遠野《とおの》は笑っていう。

「だって、約束しましたから。今夜、帰ってくるって。そして桐島《きりしま》さんは、ちゃんと帰ってきてくれました！」

もうしばらくすれば朝日が昇る。そんな時間まで――。

「ずっと待っていたのか……」

遠野《とおの》は照れくさそうに目を伏せる。

「私、どうやら桐島《きりしま》さんのことが好きみたいです。自分で思っているよりも、ずっと、ずっと

好きみたいです」

遠野《とおの》が、待っていたときのことを想像する。

雨が降って、やんで、どんどん夜がふけていって、そのあいだ、ここにずっと座っていた。

どうということはないという顔をしながら、出入りする住人たちを横目に、眠くなったりしながらも、ずっと道の先に俺があらわれるのを待っていたのだ。

遠野《とおの》がそうしているあいだ、俺は早坂《はやさか》さんの部屋にいた。早坂《はやさか》さんの肌にふれて、過去のことばかり考えていた。

一体なにをやっているんだと思う。

遠野《とおの》はこんなにも一途《いちず》なのに、ひたむきなのに。

「ごめん」

俺は、遠野《とおの》を抱きしめる。

「なぜ謝るんですか。桐島《きりしま》さんが謝ることなんてありません。だって、ちゃんと、ちゃんと」

そこで遠野《とおの》の声に涙が混じりはじめる。

「えっと、これは、その、ちがうんです」

遠野《とおの》が洟《はな》をすする。

「ちょっとだけ心配だったといいますか、なんだか、桐島《きりしま》さんがあのままどこかにいってしまいそうな気がして、それで、それで……えっ、うえっ……」

まう。泣くのをこらえようとして、やっぱりこらえられなくて、遠野《とおの》は嗚咽《おえつ》しながら泣きだしてし

不安だったのだ。だから、ずっと待っていた。そして今も、俺が連絡もなしにこんな時間になっていることも、どうやって帰ってきたのかも、きけないでいる。

「本当に、ごめん」

俺はもう一度、謝る。

「大丈夫、もう帰ってきたから。もうどこにもいかないから」

俺は遠野《とおの》を抱きしめ、落ち着くまでずっと頭をなでつづけた。やがて遠野《とおの》は元気がでてきたのか、もぞもぞと動き、俺を強く抱きしめかえす。

そして、「えへへ」と笑う。

「さては俺の服で洟《はな》をふいているな」

「心配させた罰です」

そして遠野《とおの》は顔をあげ、少しすねた顔でいう。

「……いっぱいキスしてくれるなら……許すこともやぶさかではありません」

俺は遠野《とおの》にキスをする。

もう遠野《とおの》を不安にさせない。心配させない。

どんなに過去の恋が特別であったとしても、俺の心をかき乱そうとも、遠野《とおの》をないがしろに

していいはずがない。

俺は遠野《とおの》が望むままにキスをつづける。

そして部屋にいって――。

遠野《とおの》と最後までした。

◇

早坂《はやさか》さんのいったことが全てだった。

あの初恋の女の子のことをなかったことにして、俺と早坂《はやさか》さんで付き合うわけにはいかない。

たしかにあのころの恋は特別だった。肌の熱さも、胸を刺すような痛みも、全てが鮮烈に焼きついている。

でも、俺たち三人は別々の道で、それぞれ幸せになるしかない。

早坂《はやさか》さんのことは、もう忘れるべきだ。

過去の恋をひきずって、浸っていても、そこにはなにもない。

またあの海の街へいこうなんて考えてはいけなかったし、遠野《とおの》がいるのだからそんなことを思うことすらしてはいけなかった。

俺と遠野《とおの》はあの旅行以来、さらに仲良くなった。

映画やドラマじゃないから、ふたりの関係がすぐに特別になるわけじゃない。きっと、互いの好意を交換していくうちに、だんだん特別なものになっていくのだろう。

それはきっと、コインランドリーで同じ時間を過ごしたり、何度も肌を重ねたりといったようなこと。

その日も、俺は遠野《とおの》の部屋へと向かった。なぜ遠野《とおの》の部屋かというと、俺の部屋にはエアコンがないという現実的な理由だった。

週末の夜で、一緒にテレビで映画を観《み》る。

遠野《とおの》はいつもより甘えん坊だった。バレー部の合宿があって、久しぶりに一緒に過ごす夜だったからだ。

クッションに座りながら映画を観《み》ているのだが、遠野《とおの》はもう画面をみていなかった。俺にくっついて、猫のように体をこすりつけてくる。

それでも俺が映画を観《み》ていると、頭をぼんぼんとあてはじめるから、テレビの電源を切る。

すると遠野《とおの》は、しれっとした顔でベッドにゆき、頭から布団《ふとん》をかぶって丸くなる。遠野《とおの》は恥ずかしがり屋の、誘い受けする女の子だった。

俺は遠野《とおの》の布団《ふとん》のなかにオジャマする。背中から抱きしめると、遠野《とおの》はにっこにこになってこっちを向いた。

「ずっと寂しかったです」

「毎日通話してたけどな」

「桐島《きりしま》さん、なんだかよそよそしかったですし」

「周りに女バレ部員がいるのわかってたからな」

遠野《とおの》があごをあげるから、キスをする。遠野《とおの》はすぐに舌を入れてくる。俺が舌を舐《な》め返《かえ》すと、遠野《とおの》はそれを吸って、自分の口のなかに俺の舌を導く。

俺は遠野《とおの》の胸をさわる。下着をつけていない。そして、さわっているうちに、Ｔシャツの上からでもよくわかるくらい、先端が硬くなる。

「は、恥ずかしくしないでください……」

「やめる？」

「桐島《きりしま》さんが強引にしてくれるなら……やぶさかではありません……」

遠野《とおの》はこういう方面にはとてもシャイで、淑女的な部分があった。でも、こういうことをしたい気持ちも多分にあるようで、結果として、俺が強く求めてくるから受け入れるという図式にしたがった。

もちろん俺は遠野《とおの》のその要望にこたえた。こうやって、俺たちは互いの理解を深めていく。

俺は遠野《とおの》の胸をＴシャツの上から舐《な》める。生地がやわらかくなって、ダイレクトに刺激が届くようになって、遠野《とおの》が身をよじる。

「桐島《きりしま》さぁん……」

遠野《とおの》の体から力が抜けていく。遠野《とおの》のショートパンツのなかに手を入れる。下着をずらしてそこをさわれば、もう熱く濡《ぬ》れていた。

キスをしながら、手に余る胸をさわり、そこをいじる。そのうちに遠野《とおの》がなにかいいたそうな顔をして俺をみつめはじめる。

俺は自分の服を脱ぎ、遠野《とおの》の服も脱がせる。そして裸になって抱きあった。

遠野《とおの》はクーラーのよく効いた部屋で、布団《ふとん》にくるまりながらこうするのが好きで、俺もそうだ。なにをしても肌と肌がふれあって、俺たちを隔てるものはなにもなくて、相手の体温を感じて、とても幸せな気持ちになる。

しばらく抱きあって、ただキスをする。そのうち、もっと相手と溶けあいたい、つながりたいと思うようになる。そうなると、遠野《とおの》が恥ずかしそうにしながら足をひらく。俺は遠野《とおの》の頭をなでて、準備をして、遠野《とおの》のなかに入っていく。

遠野《とおの》のそこは、とても締め付けが強かった。遠野《とおの》の輪郭をしっかり意識できるし、俺の輪郭も意識させられる。

深いところまで入ったところで、俺は思わず快感に声を漏らしてしまう。すると遠野《とおの》は嬉《うれ》しそうな顔になり、俺を抱きしめる。

遠野《とおの》は俺が気持ちいい顔になるのが好きらしい。もっと気持ちよくなってほしい、なんていう。でも俺も遠野《とおの》に気持ちよくなってほしいから、動く。

引き抜くときに水音が立つ。締め付けに引っ張られる。入っていくときは、また割って入っていくような感覚。そのときに、遠野《とおの》は声を漏らす。

何度も、何度も、それを繰り返す。

海の街から帰ったあの日、初めてした。俺が遠野《とおの》のなかに入ったとき、遠野《とおの》は泣いた。

『これはあれです……痛くて泣いてるだけです』

やっぱり遠野《とおの》はできないことが不安だったのだ。そして、できて、嬉《うれ》しくて泣いてくれる遠《とお》野《の》を俺は大切にしたいと思った。

だから遠野《とおの》に知ってほしくて、俺がちゃんと好きで、遠野《とおの》に興奮できることを伝えたくて、遠野《とおの》のなかで動く。

俺はもう早坂《はやさか》さんの幻影を追ってない。

たしかに、早坂《はやさか》さんに助けてもらった。初めてのときは、罪悪感を持ちながら遠野《とおの》を抱いた。遠野《とおの》の胸をさわっているとき、早坂《はやさか》さんを思いだしていた。

でも今は、ちゃんと遠野《とおの》を抱いている。抱けている。

「桐島《きりしま》さん、もっとぉ……もっとぉ……」

遠野《とおの》は溶けた表情になって、反射的に、下から自分の腰を動かしはじめる。それは俺の動きとあわさって、快感がさらに増していく。

「桐島《きりしま》さん……」

「今日は……ずっと、キスしながらしてほしいです。でないと、声でちゃう……」

遠野《とおの》が喘《あえ》ぎながらいう。

「また、宮前《みやまえ》に怒られるもんな」

「はい」

遠野《とおの》が初めて達したのは、三度目のときだった。同じくこのベッドの上で、体を震わせながら、好きです好きです、と連呼していた。

宮前《みやまえ》はとなりの部屋に住んでいて、翌日、顔を真っ赤にしながらいった。

『や、やりすぎばいっ！　こっちが恥ずかしくて死んでしまうばいっ！』

以来、声には気をつけている。

「桐島《きりしま》さん、はやくっ……あっ……やっ……」

俺は遠野《とおの》の口をふさぐ。遠野《とおの》は俺を抱きしめ、足を俺の背中で交差させる。遠野《とおの》の体はとても柔軟で、密着感があって、気持ちいい。遠野《とおの》、遠野《とおの》、遠野《とおの》、遠野《とおの》。

「桐島《きりしま》さん、好きです……やっ、あっ、深いっ！」

遠野《とおの》の体がさらに熱くなり、肌が汗ばみ、やわらかくなっていく。やがて——遠野《とおの》は体を震わせながら俺を信じられないほど締め付け、舌を強く吸って、達した。

俺は脱力した遠野《とおの》をみたくて、布団《ふとん》をはぎとる。

「ダメ……」

そういうものの、遠野《とおの》はまったく抵抗できない。そして、遠野《とおの》の体は美しかった。

俺はそんな遠野《とおの》と、もっとしようとする。

「今はダメです、ホントに……声でちゃいます……」

「宮前《みやまえ》、実家に帰ってるらしいぞ」

おばあちゃんが退院して、そのお祝いに帰るといっていた。

そしてもう片方のとなりは、空き部屋になっている。

「遠野《とおの》の声、ききながらしたい」

そういうと、遠野《とおの》はしばらくためらったのち、両手で顔をおおいながらいった。

「今夜……だけですよ……」

◇

翌日、起きたのは昼だった。

窓から差し込む光がまぶしくて目が覚めた。

遠野《とおの》はすでに起きて、俺にくっついていた。俺が起きたのがわかると、すねた顔をつくって、ぽかぽかと叩《たた》いてくる。

「桐島《きりしま》さんはベッドの上だといじわるです！　いっぱい恥ずかしい思いをしました！」

「ごめんごめん」

謝りながら抱きしめて、俺たちは犬や猫のようにじゃれあう。遠野《とおの》はすぐに笑顔になって、お腹《なか》が減りました、なんていう。

「なにか食べにいこうか」

「はい！」

我ながらろくでもないな、と思う。朝までして、昼まで寝て、なにか食べにいく。

ドラマチックさはゼロで、立派なことをなにひとつしていない。でもこれが平凡というもので、幸せというものなのだろう。

そんな俺の気持ちは遠野《とおの》にも伝わったようだった。

「えへへ」

笑いながら、額をくっつけてくる。

「ずっと一緒にいましょうね。私、バレーがんばります！　実業団に入れば、桐島《きりしま》さんが無職になってもなんとかなりますから」

「俺がダメ人間って前提なんだよなあ」

大丈夫。

俺はもう大丈夫。

早坂《はやさか》さんがいなくても大丈夫で、もう誰も傷つく必要なんてない。

そう、思ったそのときだった。

壁の向こう側から、物でも落としたような音がきこえてくる。生活音。宮前《みやまえ》の住んでいる部屋とは反対のほうからだ。

「やってしまいました……」

遠野《とおの》が顔を真っ赤にする。

「まさか」

「はい。ちゃんと挨拶までしていただいたのに、忘れてました」

先週、新しく入居していたらしい。

「昨夜の私の声、絶対きかれてしまいました……」

遠野《とおの》は両手で顔をおおう。

「あわせる顔がありません。今度、一緒にご飯にいきましょうと約束していたのに……」

どうやら新しい入居者は女の子らしい。

「まあ、いいじゃん。遠野《とおの》がちょっと、そういう女の子って思われただけで――」

「桐島《きりしま》さんのせいです！」

「俺～？」

でも、もう済んでしまったことは仕方がない。

「意外と向こうはなにも気にしてないんじゃないか?」

「絶対、気にしますよ。清楚《せいそ》な人でしたもん。いかにもお嬢様って感じの!」

「同じ大学?」

「いえ、多分ちがいます」

まだ挨拶をしただけで、詳しいことは知らないらしい。ただ、市内にある芸大の学生だと推測しているという。

「引っ越し作業のとき、廊下にピアノの譜面を落としてしまわれて、拾うのを手伝いました」

つまり、となりに引っ越してきたのは、いかにもお嬢様という感じの、ピアノを弾く女の子らしい。

「ちなみに私はその子と厳密な意味での会話をしたことがありません」

「どういうこと?」

「高校生のときに、声がでなくなっちゃったらしいんです。なので、首からさげたホワイトボードに文字を書いて、私とコミュニケーションをとっていらっしゃいました」

けっこう気があったらしく、仲良しになれる予感がしているという。もう一緒にご飯にいく約束をしているくらいだから、そうなのだろう。

「声がでないってなると、なにかと不便だろうから助けてあげなよ」

「もちろんです」

「名前とかきいた？」

「はい」

遠野《とおの》はピースサインしながらいう。

「橘《たちばな》ひかりさんです！　忘れられない男の人がいて、京都まで追いかけてきたそうです。ロマンチックで、素敵ですよね！」

つづく

あとがき

読者の皆様こんにちは、西条陽《にしじようよう》です。

五巻もお読み頂き誠にありがとうございます。

そして、あとがきは四巻に引き続き四ページの分量が与えられています。

あとがきについては毎巻そうなのですが、読まなくても特に問題ありません。

本編を読み終わったあと、しばらく時間を置いてから、暇なときにふと思いだして軽く目を通すくらいが丁度いい文章であるように感じます。

え？　また前置きで尺を稼いでいる？

それではさっそくいきましょう。

今回は馬頭琴《ばとうきん》にちなんだ話をしようと思います。

かの有名な、『スーホの白い馬』にでてくる楽器です。

本作では、桐島《きりしま》の先輩である大道寺《だいどうじ》さんが演奏する楽器として登場します。

何年も前の話ですが、私、この馬頭琴《ばとうきん》を使った小説を書こうとしたことがあります。

とある編集者さんが、後宮《こうきゆう》小説書いてみない？　とおっしゃったんです。

後宮《こうきゆう》小説とは、いわゆる中国版の大奥みたいなもので、皇帝に仕える女の人たちが集まる場所を舞台にした、どちらかというと女性向けのジャンルです。後宮《こうきゆう》で主人公の女の子はだいたいいじめられているのですが、なにかしら一芸を持っていて、それで事件を解決したり、いじめてくるやつをやっつけたりして、帝《みかど》から一目置かれたり寵《ちよう》愛《あい》を受けたりする展開になるのがお決まりだそうです。

私、その手の作品を読んだことがありません。

でも、いいました。

「やります」

さっそくプロット作りにとりかかります。

主人公は目のみえない女官に設定しました。そしてこの子の演奏する楽器が馬頭琴《ばとうきん》というわけです。

最初のシーンで、その子は後宮内《こうきゆうない》でめちゃくちゃいじめられます。で、いじめっ子が去り、ひとりになったところで、余裕の表情でいうんです。

「あぶない、あぶない。斬って、しまうところだった」

馬頭琴《ばとうきん》の先端を右手でつかんでるんですけど、その馬頭琴《ばとうきん》の先端が少し伸びて白い刃がのぞいてるんですね。

そうなんです、馬頭琴《ばとうきん》が仕込み刀になっていて、その女官は目のみえない剣士というか、ほぼ武侠《ぶきよう》なわけです。刃圏のなかでは最強、飛んでくる矢を全て斬り落とし、義理と人情でか弱き女子供を守る、という設定で、考えているときの私はもうノリノリでした。

後宮《こうきゅう》に無理やり入れられた女の子を逃がしてあげたり、国難のときに帝の懐刀《みかどふところがたな》として裏で戦ったり、快刀乱麻の活躍です。異民族も彼女一人で平定します。

プロットを作り終えたとき、これは監督チャン・イーモウ、主演チャン・ツィイーで映画化されるな、と思いました。しかし、その編集者さんはプロットをみるなりいいました。

「これじゃない！」

そういうのも無理はありません。私が作ったのは後宮《こうきゅう》小説というより座頭市《ざとういち》だからです。

「でも編集さん、きいてください。座頭市《ざとういち》と馬頭琴《ばとうきん》って、韻がほぼ同じなんです」

「うるせえ！」

浜波《はまなみ》のようなツッコミ。こうして私の馬頭琴《ばとうきん》プロットはお蔵入りとなりました。

当時、私はもう自分の書く小説に馬頭琴《ばとうきん》が登場することはないだろうと思いました。しかし時を越え、本書でついに登場することができました。

当然、大道寺《だいどうじ》さんが持っている馬頭琴《ばとうきん》も仕込み刀になっている。

なんてことは全然ありません。普通です。なぜなら実のところ、このあとがきを書くまで、この馬頭琴《ばとうきん》プロットのことなんて忘れていたからです。いつか映画になるといいですね。

さて、いい感じに進行してきたのでそろそろ締めにかかりましょう。

大学生編、はじまりました。

桐島《きりしま》エーリッヒと名乗るだけあって、桐島《きりしま》の新しい恋はある種、エーリッヒ・フロムの『愛するということ』の考え方に立脚しているといえます。

そこにあらわれた早坂《はやさか》と橘《たちばな》はさしづめ対概念《ついがいねん》となる『ファム・ファタル』といったところでしょうか。けれど高校生編を振り返れば、相対的に早坂《はやさか》はエーリッヒ的であり、橘《たちばな》はファム・ファタル的であります。しかしよく考えてみれば、高校時代を共有していることから、早坂《はやさか》も橘《たちばな》もエーリッヒ的ともいえる。しかし遠野《とおの》との関係では、やはりどちらもファム・ファタル。

ここでのエーリッヒは積み重ねた先にある愛、ファム・ファタルは一撃性のある運命のような恋というニュアンスで使っています。

なにがいいたいかというと、この先どうなるか全く予想がつかないということです。

どうなっちゃうんでしょう？

それでは謝辞です。

担当編集氏、電撃文庫の皆様、校閲様、デザイナー様、本書に関わる全ての皆様に感謝致します。

Ｒｅ《れ》岳《たけ》先生、遠野《とおの》と宮前《みやまえ》の素敵なキャラデザありがとうございます！　いつも最高のイラストで、毎巻感動しております。

最後に読者の皆様、本当にありがとうございます。皆様の応援のおかげで、二番目彼女は旅を続けられています。これからも読者の皆様に楽しんで頂けるよう、私もより一層執筆に励んでいく所存です。

◉西　条陽著作リスト

「世界の果てのランダム・ウォーカー」（電撃文庫）
「世界を愛するランダム・ウォーカー」（同）
「天地の狭間のランダム・ウォーカー」（同）
「わたし、二番目の彼女でいいから。1〜5」（同）

本書に対するご意見、ご感想をお寄せください。

ファンレターあて先
〒102-8177　東京都千代田区富士見 2-13-3
電撃文庫編集部
「西　条陽先生」係
「Re岳先生」係

本書は書き下ろしです。

電撃文庫

わたし、二番目《にばんめ》の彼女《かのじょ》でいいから。5

西《にし》 条陽《じょうよう》

2023年1月10日　初版発行

発行者　山下直久
発行　株式会社KADOKAWA
〒102-8177　東京都千代田区富士見2-13-3
0570-002-301（ナビダイヤル）
装丁者　荻窪裕司（META＋MANIERA）
印刷　株式会社暁印刷
製本　株式会社暁印刷

●お問い合わせ
https://www.kadokawa.co.jp/（「お問い合わせ」へお進みください）
※内容によっては、お答えできない場合があります。
※サポートは日本国内のみとさせていただきます。
※ Japanese text only

※定価はカバーに表示してあります。

ISBN978-4-04-914688-2　C0193　Printed in Japan

電撃文庫　https://dengekibunko.jp/

電撃文庫創刊に際して

文庫は、我が国にとどまらず、世界の書籍の流れのなかで〝小さな巨人〟としての地位を築いてきた。古今東西の名著を、廉価で手に入りやすい形で提供してきたからこそ、人は文庫を自分の師として、また青春の想い出として、語りついできたのである。

その源を、文化的にはドイツのレクラム文庫に求めるにせよ、規模の上でイギリスのペンギンブックスに求めるにせよ、いま文庫は知識人の層の多様化に従って、ますますその意義を大きくしていると言ってよい。

文庫出版の意味するものは、激動の現代のみならず将来にわたって、大きくなることはあっても、小さくなることはないだろう。

「電撃文庫」は、そのように多様化した対象に応え、歴史に耐えうる作品を収録するのはもちろん、新しい世紀を迎えるにあたって、既成の枠をこえる新鮮で強烈なアイ・オープナーたりたい。

その特異さ故に、この存在は、かつて文庫がはじめて出版世界に登場したときと、同じ戸惑いを読書人に与えるかもしれない。

しかし、〈Changing Times,Changing Publishing〉時代は変わって、出版も変わる。時を重ねるなかで、精神の糧として、心の一隅を占めるものとして、次なる文化の担い手の若者たちに確かな評価を得られると信じて、ここに「電撃文庫」を出版する。

1993年6月10日
角川歴彦

電撃文庫DIGEST　1月の新刊

発売日2023年1月7日

春夏秋冬代行者
暁の射手

著／暁 佳奈　イラスト／スオウ

四季の代行者と同じく神々に力を与えられた存在であり、大和に北から朝を齎す現人神、暁の射手。そしてその射手を護衛する、守り人。巫覡花矢と、巫覡弓弦。少女神と青年従者の物語が、いま始まる。

声優ラジオのウラオモテ
#08 夕陽とやすみは負けられない?

著／二月 公　イラスト／さばみぞれ

『ティアラ☆スターズ』ライブ第二弾は、乙女との直接対決！　完全復活した乙女に対し、夕陽とやすみはチームの年下後輩・纏の心を開くのにも一苦労。しかし闘志を失わない千佳には、何やら策があるようで……。

わたし、二番目の彼女でいいから。5

著／西 条陽　イラスト／Re岳

あれから二年、鬱屈した大学生活を送っていた俺。だが二人の女子・遠野あきらと宮前しおり、そして友達のおかげで、毎日は色づき始める。このグループを大切にする、今度は絶対に恋はしない、そう思っていたが……。

ギルドの受付嬢ですが、残業は嫌なのでボスをソロ討伐しようと思います6

著／香坂マト　イラスト／がおう

社会人にとって癒しの「長期休暇」――を目前にして、新たなダンジョンが5つ同時に発見される！　さらに処刑人の偽物まで現れ、アリナの休暇が大ピンチに!?　受付嬢がボスと残業を駆逐する異世界コメディ第6弾！

男女の友情は成立する?（いや、しないっ!!）
Flag 6. じゃあ、今のままのアタシじゃダメなの?

著／七菜なな　イラスト／Parum

かつて永遠の友情を誓い合った悠宇と日葵が、運命共同体（きょうはん）となって早1ヶ月。甘々もギスギスも一通り楽しんだ二人の恋人関係は――「ひと夏の恋」に終わるかどうかの瀬戸際に立たされていた……!?

少年、私の弟子になってよ。
新作 **～最弱無能な俺、聖剣学園で最強を目指す～**

著／七菜なな　イラスト／さいね

全人類が〈聖剣〉を持つようになった世界で、ただ一人〈聖剣〉が宿らなかった少年・識。しかし、世界一の天才聖剣士に見初められ、彼女の弟子に!?　最強×最弱な師弟の夢の続きが花開く、聖剣・学園ファンタジー！

狼と香辛料XXⅣ
Spring LogⅦ

著／支倉凍砂　イラスト／文倉 十

娘のミューリを追って旅を続ける賢狼ホロと元商人ロレンス。だがサロニアの街での活躍が思わぬ余波を生み、ロレンスのせいで貴重な森が失われると詰め寄られる。そんな中、木材取引の背後には女商人の影があって……

魔法史に載らない偉人2
～無益な研究だと魔法省を解雇されたため、新魔法の権利は独占だった～

著／秋　イラスト／にもし

いよいよスタートした学院生活でさっそく友達を作ったシャノン。意気揚々と子供だけのピクニックに出かける彼女たちに、黒い魔の手が迫り――!?

不可逆怪異をあなたと
新作 **床辻奇譚**

著／古宮九時　イラスト／二色こぺ

大量の血を残して全校生徒が消失した「血汐事件」。事件で失われた妹の身体を探してオカルトを追っていた青己蒼汰は、「迷い家」の主人だという謎の少女・一妃と出会い、怪異との闘争に乗り出すことになるが――。

Mother D.O.G
新作

著／蘇之一行　イラスト／灯

非人道的な研究により生み出された生体兵器が、世界に流出し、人間社会に紛れ込んでいた。これは、D．O．Gと呼ばれるその怪物たちを狩るため旅をする、不老不死の少女と彼女に付き従う青年の戦いの物語。